共和国故事

美好青春
——大学生掀起创业高潮

胡元斌 编写

吉林出版集团股份有限公司

图书在版编目（CIP）数据

美好青春：大学生掀起创业高潮/胡元斌编. —长春：吉林出版集团股份有限公司，2009.12

（共和国故事）

ISBN 978-7-5463-1927-8

Ⅰ．①美… Ⅱ．①胡… Ⅲ．①纪实文学－中国－当代 Ⅳ．①I25

中国版本图书馆 CIP 数据核字（2009）第 237742 号

美好青春——大学生掀起创业高潮

MEIHAO QINGCHUN　DAXUESHENG XIANQI CHUANGYE GAOCHAO

编写　胡元斌

责任编辑　祖航　息望

出版发行　吉林出版集团股份有限公司

印刷　三河市嵩川印刷有限公司

版次	2010 年 1 月第 1 版	2022 年 1 月第 9 次印刷
开本	710mm × 1000mm　1/16	印张　8　字数　69 千
书号	ISBN 978-7-5463-1927-8	定价　29.80 元

社址　吉林省长春市福祉大路 5788 号

电话　0431－81629968

电子邮箱　tuzi8818@126.com

版权所有　翻印必究

如有印装质量问题，请寄本社退换

前　　言

　　自1949年10月1日中华人民共和国成立至今,新中国已走过了60年的风雨历程。历史是一面镜子,我们可以从多视角、多侧面对其进行解读。然而有一点是可以肯定的,那就是,半个多世纪以来,在中国共产党的领导下,中国的政治、经济、军事、外交、文化、教育、科技、社会、民生等领域,都发生了深刻的变化,中国人民站起来了,中华民族已屹立于世界民族之林。

　　60年是短暂的,但这60年带给中国的却是极不平凡的。60年的神州大地经历了沧桑巨变。从开国大典到60年国庆盛典,从经济战线上的三大战役到经济总量居世界第三位,从对农业、手工业、资本主义工商业的三大改造到社会主义市场经济体制的基本确立,从宜将剩勇追穷寇到建立了强大的国防军,从废除一切不平等条约到独立自主的和平外交政策,从"双百"方针到体制改革后的文化事业欣欣向荣,从扫除文盲到实施科教兴国战略建设新型国家,从翻身解放到实现小康社会,凡此种种,中国人民在每个领域无不留下发展的足迹,写就不朽的诗篇。

　　60年的时间在历史的长河中可谓沧海一粟。其间究竟发生了些什么,怎样发生的,过程怎样,结果如何,却非人人都清楚知道。对此,亲身经历者或可鲜活如昨,但对后来者来说却可能只是一个概念,对某段历史的记忆影像或不存在,或是模糊的。基于此,为了让年轻人,特别是青少年永远铭记共和国这段不朽的历史,我们推出了这套《共和国故事》。

《共和国故事》虽为故事,但却与戏说无关,我们不过是想借助通俗、富于感染力的文字记录这段历史。在丛书的谋篇布局上,我们尽量选取各个时代具有代表性或深具普遍意义的若干事件加以叙述,使其能反映共和国发展的全景和脉络。为了使题目的设置不至于因大而空,我们着眼于每一重大历史事件的缘起、过程、结局、时间、地点、人物等,抓住点滴和些许小事,力求通透。

历史是复杂的,事态的发展因素也是多方面的。由于叙述者的视角、文化构成不同,对事件的认知或有不足,但这不会影响我们对整个历史事件的判断和思考,至于它能否清晰地表达出我们编辑这套书的本意,那只能交给读者去评判了。

这套丛书可谓是一部书写红色记忆的读物,它对于了解共和国的历史、中国共产党的英明领导和中国人民的伟大实践都是不可或缺的。同时,这套丛书又是一套普及性读物,既针对重点阅读人群,也适宜在全民中推广。相信它必将在我国开展的全民阅读活动中发挥大的作用,成为装备中小学图书馆、农家书屋、社区书屋、机关及企事业单位职工图书室、连队图书室等的重点选择对象。

编　者
2010年1月

目录

一、倡导宣传

党中央积极倡导创业活动/002

胡锦涛重视大学生就业/005

国家工商总局出台优惠政策/007

高校举办大学生创业大赛/009

二、大力支持

各级政府落实中央政策/014

辽宁颁布多项优惠政策/019

广东鼓励高校毕业生创业/021

上海大学生享受四项优惠/023

昆明理工大学开展创业教育/026

三、创业行动

清华学生拉开创业帷幕/032

中央财大学生回乡创业/049

湖南硕士生当村干部创大业/055

西安交大学生从送快餐起步/060

南京学生筹资开办大卖场/064

北大学子卖猪肉成富翁/073

目录

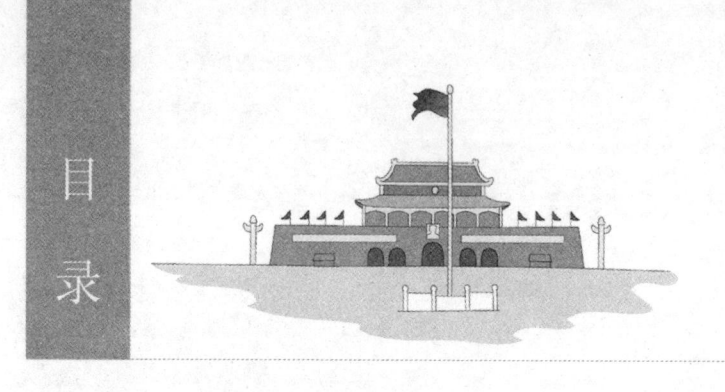

中山大学创办创业网站/077

复旦学子发明网络游戏/081

川大学生赚取上亿财富/091

人大学生办网站卖盒饭/095

南开在校生荣登富豪榜/100

浙大学子完成网络创业梦/111

一、倡导宣传

● 江泽民指出：在社会变革中出现的科技创业人员和技术人员，要对他们进行鼓励。

● 胡锦涛指出：要把促进大学生就业和创业作为一项十分重要的工作，全力以赴地抓好。

● 工商总局文件指出：凡高校毕业生从事个体经营的，一年内免交个体工商户登记注册费。

党中央积极倡导创业活动

2002年11月8日,党的第十六次全国代表大会在北京人民大会堂隆重举行。

在这次大会上,中共中央总书记江泽民向大会作了题为《全面建设小康社会,开创中国特色社会主义事业新局面》的报告。

这个报告全面吹响了建设小康社会,开创中国特色社会主义事业新局面的战斗号角。

细心的人们发现,江泽民在这个报告中不仅提出了新世纪新阶段的政治宣言和行动纲领,还在7个地方明确提到"创业"这个词。

江泽民在第二部分"全面贯彻'三个代表'重要思想"中,有这样一些词语:"创业人员""创业精神""创业活动"和"创业机制"等。

在第四部分"经济建设和经济体制改革"中,又有这样一些句子:"形成促进科技创新和创业的资本运作和人才汇聚机制""改善创业环境""鼓励自谋职业和自主创业"等。

江泽民说,随着改革开放的深入和经济文化的发展,我国工人阶级队伍不断壮大,素质不断提高。包括知识分子在内的工人阶级,广大农民,始终是推动我国先进生产力发展和社会全面进步的根本力量。

江泽民指出：

在社会变革中出现的民营科技企业的创业人员和技术人员、受聘于外资企业的管理技术人员、个体户、私营企业主、中介组织的从业人员、自由职业人员等社会阶层，都是中国特色社会主义事业的建设者。对为祖国富强贡献力量的社会各阶层人们都要团结，对他们的创业精神都要鼓励，对他们的合法权益都要保护，对他们中的优秀分子都要表彰，努力形成全体人民各尽其能、各得其所而又和谐相处的局面。

江泽民还说：

要形成与社会主义初级阶段基本经济制度相适应的思想观念和创业机制，营造鼓励人们干事业、支持人们干成事业的社会氛围，放手让一切劳动、知识、技术、管理和资本的活力竞相迸发，让一切创造社会财富的源泉充分涌流，以造福于人民。

江泽民指出，全面建设小康社会，最根本的是坚持以经济建设为中心，不断解放和发展社会生产力。

他说：

　　扩大就业是我国当前和今后长时期重大而艰巨的任务。国家实行促进就业的长期战略和政策。各级党委和政府必须把改善创业环境和增加就业岗位作为重要职责。广开就业门路，积极发展劳动密集型产业。对提供新就业岗位和吸纳下岗失业人员再就业的企业给予政策支持。引导全社会转变就业观念，推行灵活多样的就业形式，鼓励自谋职业和自主创业。

党的十六大胜利结束后，我国不仅进入了全面建设小康社会的新时代，也步入了大学生创业的黄金时期。

胡锦涛重视大学生就业

2003 年，酷暑刚刚褪尽，中共中央总书记胡锦涛把目光投向了大学生的就业问题上。

他在一次听取劳动部门关于大学生就业问题的汇报时强调指出：

> 要积极做好 2003 年毕业的大学生就业工作。各级党委、政府以及教育、人事等有关部门都要把促进大学生实现就业和创业作为一项十分重要的工作，全力以赴地抓好。

他指出，做好就业和再就业工作，关系到人民群众的切身利益，关系到改革发展稳定的大局，关系到实现全面建设小康社会的宏伟目标，关系到实现全体人民的共同富裕。各级党委和政府要坚持以"三个代表"重要思想和党的十六大精神为指导，从我国的基本国情出发，认真贯彻中央的有关方针政策，把新形势下的就业和再就业工作做得更好。

胡锦涛强调，要大力推进人力资源能力建设，提高国民的整体素质，充分开发和合理利用我国巨大的人力资源，不仅对推进改革开放和现代化建设具有重大作用，而且，对促进就业和创业也具有重大作用。

胡锦涛还说，必须把加强人力资源能力建设、增强劳动者就业和创业能力作为一项战略任务来部署、来落实。政府有关部门、群团组织、学校、企业、社区、就业服务部门以及其他有关部门，都要根据自己的特点和条件，积极开展以提高就业和创业能力为目标的教育和培训，努力培养适应改革开放和现代化建设发展要求的人才，努力提高劳动者的就业和创业能力。

这里，胡锦涛把大学生创业提到了极其重要的地位，要求各级部门作为一项战略任务来部署、来落实，从各方面加大对大学生创业的投入，以鼓励更多的大学生投身到创业的热潮中去。

他认为，只有这样，才能更好地实现全面建设小康社会的宏伟目标，不断开创中国特色社会主义事业新局面。

胡锦涛的指示，对各级政府重视大学生就业工作，出台鼓励大学生创业的各项政策法规起到了极大的促进作用。

国家工商总局出台优惠政策

2003年5月29日，根据江泽民"营造鼓励人们干事业，支持人们干成事业的社会氛围"的指示精神，国务院办公厅发出通知，凡高校毕业生从事个体经营的，除国家限制的行业外，自工商部门批准其经营之日起，一年内免交登记类和管理类的各项行政事业性收费。有条件的地区由地方政府确定，在现有渠道中为高校毕业生提供创业小额贷款和担保。

2003年6月10日，国家工商总局又出台了针对2003年普通高等学校毕业生从事个体经营优惠政策的第七十六号文件。

国家工商总局的文件指出：

> 凡高校毕业生，含大学专科、大学本科、研究生，从事个体经营的，除国家限制的行业，包括建筑业、娱乐业以及广告业、桑拿、按摩、网吧、氧吧等外，自工商行政管理机关批准其经营之日起，一年内免交个体工商户登记注册费，包括开业登记、变更登记、补换营业执照及营业执照副本、个体工商户管理费、集贸市场管理费、经济合同鉴证费、经济合同示范文

本工本费。

这个文件规定，高校毕业生申请个体工商户设立登记时，应当向登记机关出具普通高等学校颁发的毕业证书、个人身份证，以及省级高校毕业生就业工作主管部门签发的《全国普通高等学校本专科毕业生就业报到证》或者《全国毕业研究生就业报到证》；登记机关核实无误后，依法办理登记注册手续，并在报到证上注册登记注册时间、加盖登记机关印章后退回本人，在《个体工商户营业执照》经营者姓名后注明"高校毕业生"；高校毕业生凭《个体工商户营业执照》免交上述规定的有关费用。

国家工商总局的文件指出，对高校毕业生从事个体经营实行有关收费优惠政策，是党中央、国务院鼓励高校毕业生灵活就业、自主创业的重要举措。地方各级工商行政管理局机关要通过各种形式，积极宣传高校毕业生从事个体经营有关收费优惠政策，并不折不扣地落实有关收费优惠政策，大力支持、促进高校毕业生自谋职业、自主创业。

国家工商总局的这个文件，无疑又在跃跃欲试的大专院校学生的心中，烧起了一把创业之火，这股大火迅即燃遍了神州大地。

高校举办大学生创业大赛

事实上，早在 2000 年，往日平静的校园，就已经变得风生水起，一批大学生早已在学校的引导下，身体力行地投身到了各种产业的准创业活动中。

清华大学、北京大学、南京大学、西安交大、上海交大等国内著名高校纷纷为学生的创业活动搭建各种平台，举办创业计划大赛，竭力为大学生创业创造条件。

大学生创业计划竞赛是由清华大学首先发起的。两年前，清华大学举办首届创业计划大赛，一时成为中国社会各界关注的焦点之一。大赛历时 5 个多月，共有 320 名同学组成 98 个竞赛小组递交了 114 份作品。从这些作品中产生的优秀作品还进行了公开拍卖。

大学生创业计划竞赛始于美国高校，从某种意义上说，它已经成为知识经济时代美国经济的直接驱动力量之一。

中国大学生中不乏创业人才，如视美乐科技发展有限公司是中国第一个由在校学生创办的公司，公司的核心成员成为中国第一个"敢吃螃蟹"的人。

22 岁的清华大学材料系三年级学生邱虹云，为了参加第二届创业计划大赛，用 4 个月的时间完成了他的作品"多媒体超大屏幕投影电视"的前身。产品完成后，他准备将其以 10 多万元的价格卖掉。自动化系五年级学生王科说服他放弃卖的想法，合作成立了公司。

而作为一个小插曲的是他们组队参加了第二届创业计划大赛，并以清华最优秀的 5 个团队之一的身份进入全国创业大赛的决赛。

又如博创公司，由熊卓、吴占鸣、毛军华等清华、北大的学生创建的公司生产的激光快速成型系统填补了国内的一项空白，这项技术在国际上也刚刚起步。

这个公司将给人类的健康创造一个革命性的奇迹。

大赛已有视美乐、易得方舟网络公司、乐都、博创四个团队获得风险投资，其公司已入驻清华科技园，其中视美乐还分期获得了由"上海一百"提供的 5250 万元的风险投资。

另外，还有许多团队处于洽谈融资阶段。犹如美国硅谷的崛起有赖于斯坦福大学的创业活动一样，清华的创业者们在中国首创的创业计划大赛为千百万中国青年开辟了一条新路，成为新世纪最亮丽的一道风景。

他们在用智慧、激情和勇气脚踏实地书写了从创新走向创业的历史新篇章后，又用他们手中的笔真实地记录下了他们的创业故事。这是他们在学业、创业的双重压力下挤出时间完成的，既记录了他们创业的轨迹，也记录了他们内心真实的独白。他们的创业意识、团队精神，他们的青春活力、奇思妙想……以及他们在商海弄潮中的经验教训，都包含其中。

2000年1月中旬,在首届全国大学生创业计划大赛总决赛开幕前,光明日报出版社已出版了《锻造创业英雄——清华创业团队手记》一书。

该书以生动活泼的文字,翔实地记述了清华园内创业团队的事迹。

书中通过对这些天之骄子创业过程的描述,以及他们内心活动的记录,在人们面前展现出新时代高校学子的智慧与风采,给人尤其是尚处于学习阶段的新世纪大学生们在如何处理好校园及社会、学习与创业的关系以指导和有益的启迪。

2000年1月11日,为了鼓励大学生的创业活动和技术创新,教育部科技司、教育部国家高级教育行政学院在北京召开全国高校技术创新大会。

教育部部长陈至立与会讲话,教育部副部长韦钰作大会报告。

国家计委、科技部、国家经贸委、国家外经贸部、国家税务总局相关负责人将分别作专题报告。

会议的主题和内容是全面实施科教兴国和可持续发展战略,学习贯彻全国技术创新大会和全国教育工作会议精神,全面落实《中共中央、国务院关于加强技术创新,发展高科技,实现产业化的决定》,推动产学研结合,加速高校科技成果转化,解放高校科技生产力,加快高校高科技产业化进程,交流高校高新技术产业化工作成功的经验,全面部署高校技术创新工作。

北京大学、清华大学、北京科技大学、天津大学、河北工业大学、华北水利电力大学、太原理工大学、内蒙古大学、大连理工大学、哈尔滨工业大学、复旦大学、上海大学、南京大学、东南大学、浙江大学、厦门大学、南昌大学、山东大学、合肥工业大学、武汉大学、湖南大学、郑州大学、广西大学、四川农业大学、重庆大学、贵州大学、云南大学、西安交通大学、兰州大学、新疆大学等全国近百家高等院校参加了会议。

各省、自治区、直辖市教委领导，有关高校校长，参加"教育部直属高校工作咨询委员会第十次全体会议"的校长直接参加此次会议。

本次大会采用圆桌会议的形式，使所有与会代表都进行了充分交流。

高校校园通过此次会议和创业竞赛，科技研究风气愈加浓厚，白手创业活动风起云涌。

二、大力支持

● 广东出台创业政策：凡高校毕业生自办企业的，工商行政管理部门要简化其审批手续。

● 北京航空航天大学创业管理培训学院副院长说，通过创业解决大学生就业是一种可行而且有效的办法。

● 昆明理工大学为了培养学生的创业意识，从2001年就开始对学生进行创业教育。

各级政府落实中央政策

在党中央和国家的号召下,地方政府也积极响应,从各个方面落实党中央和国家的政策,并有所创新。

为有效拓宽高校毕业生就业渠道,支持大学毕业生进行创业活动,党的十六大闭幕不久,辽宁省就出台了针对大学生自主创业的4项优惠政策。

2003年1月,广东省也出台了鼓励大学生创业的政策。

而新疆乌鲁木齐则开出了一条绿色通道,经过创业培训的大学生自主创业将与下岗失业人员创业一样得到贴息贷款,起点资金至少5万元,今后还将有所增加,并对开展创业培训的学校也给予大力支持。

这些优惠政策大大激发大学生的创业热情,有力地推动大学生创业活动的广泛开展。

此外,国家机关、地方政府和高校还采取许多新举措,鼓励大学生创业。

2003年,教育部高等教育司专门举行了全国高校创业教育研讨会。大会组织者之一,北京航空航天大学创业管理培训学院副院长熊飞说,通过创业解决大学生就业问题是一种可行而且有效的办法。一个学生创业可以吸引若干个学生的参与,创业成功就可解决一批大学生的就业问题。如果社会上形成了学生创业的气候，将大大缓解社会就业的压力。

2003年，为了鼓励和帮助大学生树立创业信心，提高大学生的创业素质，上海市劳动和社会保障局推出了在校大学生创业培训项目。凡在上海市高校具有创业意向的大学生，大专二年级以上、本科三年级以上，均可报名参加。不久，60名在校大学生走进了位于商业技术职业学院的创业培训班。

这是由上海市政府实行补贴、学员免费入学的首个大学生创业培训班。据上海市创业教育培训中心校长徐本亮介绍，取得免费培训资格的这60名大学生是从300位报名者中筛选出来的。其中，10多人已拥有初步创业项目。他们的创业培训将分为两个阶段：

第一阶段为期3个月，内容是"创业基础和实务知识培训"。第二阶段为期半年，内容为"创业个性化辅导与开业跟踪扶持"。

到2003年底，创业培训班计划培训人数要达到400人。迄今已依托学校，采取自愿报名形式，在商职院、上海理工、交大等高校开设了创业教育培训班，人数分别在60人至90人左右。

参加首期大学生创业培训班的学生，经过3个月左右的第一阶段培训，选拔出20名学生参加第二阶段的个性化辅导。与此同时，中心还从中选择了4个创业项目作为重点扶持对象。

为了培养女大学生的创业意识并增强其创业能力，2003 年，上海交通大学在 2002 年成立"女性拓展基地"的基础上，又成立了女大学生创业培训营，培训对象为该校三年级以上的女大学生。

优秀女企业家"锦堂图文设计制作公司"经理林艳成为女大学生创业培训营的首位嘉宾，为她们传授创业知识和技能。

而早在 2002 年 11 月，江苏大学大学生创业学校就已成立，首期创业培训班顺利开学。该校主要招收本校二、三年级，具有一定科技创新基础的学生。

首期培训班 60 名学员中，11 名学生在省级以上科技竞赛中获得过名次，48 名学生获得过校、市级奖项。

创业学校学制一年，主要利用业余时间，通过设立企业家论坛，邀请知名企业总经理、企业家作创业形势报告，组织每月一次的创业沙龙，开展科技创新讲座、创业策划，利用假期组织学员挂职锻炼等，渗透创业理论教育和创业实践活动。

2003 年，上海交通大学还成立了创业协会。据协会会长陈庆华同学介绍，成立该协会的初衷是致力于沟通学生与社会间的交流对话，让有意创业的同学更多地了解市场方面的需求信息。

为此，协会一方面定期联系业内人士为学生进行就业、创业方面的指导讲座，另一方面为学生安排各种社会实践活动。

同年，江苏无锡商业职业技术学院还在校门前街道开办了国内大学中第一条真正意义上的"大学生创业街"。

"大学生创业街"有19个由在校大学生开办的店铺，包括广告设计公司、照相馆、牛扒屋、饰品店、理发屋、租车行、水果吧等，总营业面积达到700多平方米。该院团委书记胡才鸿说，这些店铺都是大学生自己出资，自己经营，盈亏自担，风险自负。因此，他们与社会上的公司没有区别。

如果说有一点区别的话，就是邻近学校，门面房的租金比较优惠。

另外，学校统一为他们免费办理营业执照。

无锡商院还准备在塘山校区再辟大学生创业街。杭中茂院长在解释这样做的原因时特别强调了两点：

一是长期以来，高等学校往往是市场经济理论的高地，但却是市场经济实践的洼地。而开办大学生创业一条街将有助于解决市场经济理论和实践相脱节、相分离的问题。

二是由于当前大学生就业相对比较困难，创办大学生就业一条街不但可以增加大学生的就业能力，甚至可以变"找饭碗"为"造饭碗"。

另外，2003年10月5日，西南财经大学电子商务学院领导在新校区内开设的学生实验超市也正式开业。

超市作为学生社会实践基地，由学生自己投资并管理，赢利后还能分红。

学校吸纳48名同学为股东，每人一股，每股定价3000元。

院长蒲果泉强调，超市的一切环节，投资、决策、营销、管理……都要按程序和市场规则来办，财务状况也要定时向全体股东公开，"这将是对学生极大的锻炼"。

仅从超市筹办到开业的两个月里，社会实践平台的作用就已经显现出来。

如负责超市宣传工作的付聿说："书上学的东西在超市里马上就可以用。不管是一年级学的电子商务、市场营销、财务管理，还是现在学的管理学、西方经济学、物流，总之学校开的课，门门都有用。"

同时，实验超市也成了教师们课堂教学的活案例。负责在超市起步时给学生以指导的管勇老师在学院里讲授物流，他说："现在我上课，很多地方可以直接拿实验超市来现身说法。"

辽宁颁布多项优惠政策

为有效拓宽毕业生就业渠道，辽宁省在党的十六大后立即制定和完善相关政策，深化毕业生就业制度改革，对自主创业的大学生予以4项优惠政策。

新政策规定，放宽高校应届本、专科毕业生初次就业年限，凡在两年内找到就业岗位的，毕业生主管部门给予办理有关就业手续。

新政策指出，鼓励和支持高校毕业生自谋职业、自主创业，工商和税务部门要简化审批手续，积极予以支持。凡自主创业的毕业生，本人为注册法人，可享受以下税收优惠政策。毕业生的资格认定工作由省、市毕业生就业工作主管部门负责。

具体优惠政策为：

1. 新办的从事咨询业，包括科研、法律、会计、审计、税务等咨询、信息业、技术服务业的企业或经营单位，经税务部门批准，自开业之日起，免征所得税两年。

2. 新办的独立核算的从事交通运输业、邮电通讯业的企业或经营单位，自开业之日起，第一年免征所得税，第二年减半征收企业所得税。

3. 新办的独立核算的从事公用事业、商业、物资业、对外贸易业、旅游业、仓储业、居民服务业、饮食业、教育文化事业、卫生事业的企业或经营单位，自开业之日起，经主管税务机关批准，可减征或免征企业所得税一年。

4. 高校毕业生到国家确定的"老、少、边、穷"地区新办企业，经主管税务机关批准，可在3年内减征或免征企业所得税。

另外，新政策还鼓励高校毕业生到西部地区和辽宁省的贫困地区工作。

新政策指出，对于到国家西部和辽宁省贫困地区就业的毕业生，实行来去自由的原则，根据本人意愿，户口可迁到工作地区，也可迁回原籍，由工作单位或原籍所在地政府毕业生就业主管部门出具有关证明，协助其办理落户手续，由政府主管部门所属的人才交流机构提供免费人事代理服务；并可根据各地情况，适当提高其工资福利待遇。

新政策还要求各地根据当地就业市场的需要，积极开展对待就业毕业生的职业技术培训工作，以增强待就业毕业生就业能力。

广东鼓励高校毕业生创业

2003年,广东制定简化审批手续、免征所得税等新措施鼓励大学毕业生自主创业。

广东鼓励大学生自主创业的规定包括:

凡高校毕业生自办企业的,工商行政管理部门要简化其审批手续,并给予不同程度的免税政策。

对毕业生新办从事咨询、信息、技术服务的独立核算企业或经营单位,自开业之日起,免征所得税两年;

对毕业生新办商业、物资业、对外贸易业、旅游业、仓储业、居民服务业、饮食业、教育文化事业的独立核算企业,自开业之日起,免征所得税一年;

对毕业生新办从事交通运输、邮电通讯业的独立核算企业或经营单位,自开业之日起,第一年免征所得税,3年内减半征收所得税;

对毕业生创办的农业生产产前、产中、产后服务的企业,对其提供技术服务和劳务所得收入免征所得税。

广东省政府有关负责人透露，广东还要大力为大学生就业疏通渠道，取消两个影响大学生就业的限制。

影响大学生就业的两个限制：

一是指大学生入户的指标卡。

广东省政府规定，今后只要用人单位提出计划，就可以拿到大学生就业的入户指标。

二是在全省范围内取消城市增容费。

广东省政府的这些措施大大提高了该省大专院校毕业生的创业激情，为此后这个省大学生企业的蓬勃兴起打下了坚实的基础。

上海大学生享受四项优惠

2003年以来,为支持大学生创业,国家及各级政府相继出台了许多优惠政策,这些政策涉及融资、开业、税收、创业培训、创业指导等诸多方面。

根据国家和上海市政府的有关规定,上海地区应届大学毕业生创业可享受免费风险评估、免费政策培训、无偿贷款担保及部分税费减免4项优惠政策,具体包括:

高校毕业生,含大学专科、大学本科、研究生,从事个体经营的,自批准经营日起,一年内免交个体户登记注册费、个体户管理费、经济合同示范文本工本费等。

如果成立非正规企业,只需到所在区县街道进行登记,即可免税3年。

自主创业的大学生,向银行申请开业贷款担保额度最高可为7万元,并享受贷款贴息。

上海市还设立了专门针对应届大学毕业生的创业教育培训中心,免费为大学生提供项目风险评估和指导,帮助大学生更好地把握市场机会。

此外,新实施的《公司法》也有利于创业者。

新《公司法》的实施，为许多个体工商户投资创办公司增添了信心。此后个人申办公司后，只需要承担有限责任，就是说，只按你在公司出资的多少，对公司的债务承担有限责任。

新《公司法》还允许新设公司按照规定的比例分期缴清出资。具体说，公司全体股东的首次出资额不得低于注册资本的20%，并不得低于法定的注册资本最低限额，其余部分由股东自公司成立之日起两年内缴足。其中，投资公司可以在5年内缴足。

这对于新设立的企业，资金逐步进入，可以降低资金使用成本，提高资金使用效率。此外，也可以较好地杜绝虚假注资、注册后资金抽逃等不规范行为。

为了鼓励大学生创业，2003年上海市还首次设立了一个专门针对应届大学毕业生创业需要的免费创业教育培训中心，培训中心的开支由政府提供。

创业教育培训中心将免费为大学生提供项目风险评估和指导，帮助大学生更好地把握市场机会。

上海市劳动和社会保障局所辖的"促进就业基金"，还专门为大学生创业提供贷款担保，贷款最高上限达到5万元。

与此同时，上海市工商行政管理局也对大学生创业采取了政策倾斜：凡高校毕业生从事个体经营的，自批准经营日起，一年内免交登记注册费、个体户管理费、集贸市场管理费、经济合同鉴证费、经济合同示范文本工本费等，但此项优惠不适用于建筑、娱乐和广告等行业。

上海市创业培训中心在 2003 年已开办大学生创业培训班，共招收上海交通大学、上海商业职业技术学院等应届毕业生 62 人。

为贯彻落实国务院有关精神，把高校毕业生的就业指导工作做实做细，上海市政府制定了一系列相关政策，主要包括以下 4 个方面：

1. 鼓励高校毕业生到基层和艰苦地区工作锻炼。
2. 鼓励用人单位吸纳高校毕业生就业。
3. 建立统一的高校毕业生就业服务和信息网络。
4. 支持、鼓励高校毕业生自主创业和灵活就业。

2003 年，上海高校应届毕业生总数达 8 万余人，是全市高校扩招后的第一个就业高峰。新政策使上海高校本科毕业生的就业严峻形势大大缓解。

昆明理工大学开展创业教育

昆明理工大学为了培养学生的创业意识和创业能力,探索新形势下提高人才培养质量的新途径,从 2001 年就开始对学生进行创业教育。

两年来,学校走出课堂教学的固有模式,突破专业技术教育的单一内容,在强化专业知识和技能学习的同时,努力培养学生的创新精神、创业意识和实践能力,造就社会需要的全面发展的创新创业型人才。

2001 年 10 月,学校拨专款 40 万元设立学生创业基金,并决定举办学生创业计划大赛,以此来推进创业教育的开展。

为了搞好创业计划大赛,学校专门为全体参赛团队在 3 个校区举办了 9 场专题讲座,还特别邀请北京航空航天大学校长助理张竹筠、云南财贸学院教授宋火根等,分别为学生开办创业教育现状与发展、创业大赛与学生素质提高等专题讲座,对学生进行市场营销、市场调查分析、风险投资获得等有关知识的系列培训。

在初赛和复赛两个阶段的培训中,参训学生达 1679 人次。大赛共收到参赛团队初赛作品 165 件,其中研究开发类作品占 13.9%，生产制造类占 25.5%，管理服务类占 60.6%。

同时，学校还先后推出公共关系、交际艺术、市场营销等与创业教育直接相关的公共选修课供全校学生选修。

创业教育的开展，极大地激发了大学生们的创新精神。

昆明理工大学材料与冶金工程学院 2000 级学生邓波和他的伙伴依托云南省新材料制备与加工重点实验室设计的"昆明快速成型技术服务公司"创业计划，涉及工业造型、模具设计、机械制造、家电、轻工、塑料、玩具、航天及模型等领域。

公司将从事快速成型技术服务，可在无须任何模具、刀具和工装卡具的情况下，直接接受产品设计（CAD）数据，快速制造出产品样件、模具或模型，在大大缩短新产品开发周期的同时，降低开发成本，提高开发质量。

昆明理工大学管理与经济学院企业管理专业研究生崔亦凯和他的伙伴，参加此次大赛的作品是"绿特电子商务有限公司"创业计划。

该计划紧紧围绕云南建设绿色生态大省的发展战略，专注于茶叶领域的电子商务业务，缩减中间环节，降低流通成本，努力把云南的生物资源优势转化为经济优势，为云南广大山区群众的脱贫致富作贡献。

崔亦凯介绍，这一创业计划源于他对云南茶叶市场的深入调查和对云南茶叶资源的考察。云南山区茶叶产地各族群众的贫困状况给了他深深的触动；同时，他也从云南边疆开发不足的现实中发现了巨大的商机。

强烈的责任感和抓住商机走向成功的使命感，促使崔亦凯开始了创业的梦想，他的人生走向也因此而完全改变。

他说，自己原本的设想是研究生毕业后先找一家外企工作几年，然后再找机会去国外进修一段时间，回国后也许是找一家大公司继续做白领。

而现在，来自山东的崔亦凯已经下定决心扎根云南，为实现自己的创业梦想而奋斗。从大赛初赛到复赛，再到决赛，将近一年的时间里，崔亦凯一直在不断地完善着自己的创业计划。在此次决赛中，尽管创业计划获得了一等奖，但他表示还将继续努力完善并争取付诸实施。

龚成军是昆明理工大学国土资源工程学院资源勘察专业1999级学生。他从大二就开始从事家教服务。在参加完本次创业计划大赛初赛后，龚成军便和另一位同学主动放弃了应聘机会，开办了自己的公司，即云南省博学家教服务中心。

昆明理工大学开展创业教育的时间仅两年多，然而，创业教育开展以来所取得的初步成效，已经使学校领导和教师看到了鼓舞人心的美好前景。

学校党委书记何玉林说，学校必须顺应时代的要求，培养社会需要的人才，并从"就业教育"向"创业教育"转变，从"培养服务型人才"向"培养创业型人才"转变，努力实现培养目标的创新，着力提高大学生的创业意识和创业能力，使学校培养出的毕业生不仅不会增加就业的负担，而且能够为社会创造出新的就业岗位，减轻就业的压力。只有这样，才有感召力。

2003年10月14日，邓波和他的伙伴们倾心设计的"昆明快速成型技术服务公司"创业计划，进入学校组织的学生创业计划大赛决赛并获得二等奖。他们已成功地生产过4次产品，并且预订了10月25日开幕的昆明房交会的展台，计划展出设计模型，向业界推广自己的产品。

龚成军则已领到了工商部门颁发的营业执照和在税务部门办理的税务登记证。

他们创办的家教服务中心已于2003年8月份正式开张。家教服务中心的服务范围涵盖小学、初中、高中各科以及艺术类、计算机、成人自考、中高考考前强化辅导，已拥有200多名教师。

他说，自己在毕业前也曾经犹豫过，还与省内一个不错的单位签订了就业协议，如果没有学校、老师的鼓励和支持，就不会走出今天这一步。

龚成军对自己未来的设想是创办一所中学。他表示，不管需要多长时间都会朝这个方向去努力的。

三、创业行动

- 1999年7月底，在炎热的北京城，第一家由大学生创办的公司诞生了。

- 彭海涛跟他做房地产的父亲说："我要开公司，做游戏，赚大钱。"

- 宋洪海说："我是从南大毕业的，我相信大学生们能用自己的智慧创造财富。"

清华学生拉开创业帷幕

1999年7月底,在炎热的北京城,第一家由大学生创办的公司诞生了。

《人民日报》在并不显著的位置刊登了一条新闻:

清华学生开公司,"上海一百"大胆投资5250万。

报纸上提到的是一个名叫"视美乐"的公司,这个公司是第一个由清华大学在校学生创办的高科技公司。

这个公司的创办人是清秀朴实、腼腆的邱虹云。

邱虹云,清华大学材料系三年级本科学生,22岁,四川威远人,他因酷爱搞科研发明而被清华的老师和同学视为发明天才。

清华每年4月校庆时总要搞一个"挑战杯"学生课外科技比赛,邱虹云在1998年就已经是获奖者了。

1999年的"挑战杯"学生课外科技比赛拿什么参赛呢?邱虹云在寒假前就开始着手准备。

也许是偶然,翻开1999年4月汇编成册的《清华挑战杯科技发明精选》,第一页就是邱虹云的两项参赛作品:"电动对焦自动补偿超长焦距变焦镜头"和"投影仪视频显示插件及家用投影电视"。

邱虹云决定对其中的第二项进行改进。经过几个月的研究，邱虹云在 1999 年的挑战杯比赛上引起了很大的轰动，人们对邱虹云的赞誉中又多了一个称呼："清华爱迪生"。

按照清华以往的惯例，这么好的一个科技发明，学校会帮助你搭个班子甚至再请些老师专门指导，支持你完善一下后，送去参加两年一届的全国大学生挑战杯科技比赛，在这么一个各高校比拼较量的场合拿大奖为学校争光。

然后呢？不知道。也许是明年你再开始一个新的项目，也许那时你的兴趣已经在别处了，比如出国留学，比如读研或者就业。

但 1999 年情况发生了变化。回想一下，邱虹云觉得原因是清华去年搞了全中国头一次的"创业计划大赛"。

创业计划又名"商业计划"，是高科技与风险投资浪潮兴起的产物，是一无所有的创业者就某一项具有市场前景的新产品或服务，向风险投资家游说以取得风险投资的投资可行性报告。

所谓创业计划比赛，就是要求参赛者组成优势互补的竞赛小组，提出一个具有市场前景的产品或者服务，围绕这一产品或服务，完成一份完整、具体、深入的商业计划，交由业界人士和学者专家组成的评判委员会审查、质询并评估。

当1983年美国德州大学奥斯汀分校的两位MBA学生第一次发起商业计划竞赛时，他们无论如何也没有想到这一竞赛后来会风靡全美，涉及全球，最后又影响到发展中的中国。

在美国，有10多所大学每年举办商业计划竞赛，其中包括著名的麻省理工学院、斯坦福大学等等。

而在中国，大学生的创业计划竞赛初发于1998年的清华大学，由一个清华的学生社团，即清华科技创业者协会创办。

尽管是第一次，这些学生们大胆地向美国名校的类似比赛学习，办得也是有板有眼，活动很快引起了全国人大成思危副委员长的特别关注。

他花了两个小时的时间跟大赛组委会的这些年轻同学座谈，谈风险投资，谈高校科研成果转化，一个劲儿地鼓励学生们把比赛办好，总结经验，逐步扩大影响，力争把自己培养、锻炼成未来的创业者。

在第一届大赛的举办过程中，曾吸引了许多风险投资界著名人士的高度重视和积极参与，多项成果的融资和转让都进行过长短不一、或明或暗的接触和洽谈。

但是，没有任何一个项目得到真正的投资，为什么呢？很多人都在问这个问题。

从20世纪90年代初到90年代末，美国麻省理工举办的比赛上每年都至少有两到三家新的企业诞生，并且有相当数量的"计划"被附近的高技术公司以高价买走。

而在由这些"创业计划"孵化的企业中，有的在短短几年内，营业额已达每年上亿美元。

而清华大学的竞赛呢？

在第一届大赛进入决赛的 10 个项目的 46 个参与者中，31 人希望能够出国留学深造，却没有一个人愿意在得到投资的情况下放弃学业去创业发展。

另外一个无法回避的问题其实也很大程度上困扰着这些学生的选择，那就是学生是否有权支配这个项目。按照长期以来的惯例，学生在校期间的发明大多数都是归学校所有的。

难道，中国的学生创业之路就这么轻易地走到了尽头？

创业比赛的启蒙，呼唤市场运作的启动。这时，清华大学的另一名学生站了出来。

他叫王科，浙江宁波人，清华自动化系四年级学生，英语非常好，从大三起就先后在麦肯锡管理公司、法国巴黎国民银行等多家公司实习或工作过，其间他有不少机会可以出国或进入外企工作，但自己创业的念头一直萦绕在他心头。

在"挑战杯"科技发明大赛上，他头一次看见邱虹云的产品，心中立即涌起了一种冲动："这东西我想买！"

宁波出名商。"也许因为我是宁波人吧，"在很多公司干过、商业意识很强的王科立即意识到这个产品可能有巨大的市场前景，"我下定决心要把它转化为商品。"

他立即找到邱虹云，说服邱虹云放弃卖掉它的打算。不卖掉，那该怎么办？

王科说："我们一起做。第一步，是创业计划比赛。"

随后，邱虹云与王科等组成了创业团队参加清华的第二届创业大赛，并很快被选拔组队代表清华参加全国第一届创业计划比赛。这一下子，他们的信心更足了。

但是，是瞄准大赛冠军，还是真正干点什么呢？

这一次，邱虹云、王科没有选择仅仅停留在比赛上，而是很快把办公司的事提上了议事日程。

在王科和另两位同学慕岩、杨锦方的鼓动下，邱虹云决定自己开发研制这个产品，大家一起创业办公司，共同把它推向市场。

创业时大家有钱出钱，有力出力，邱虹云没有钱，他出的是技术，在公司中占的是技术股。

邱虹云说，他不是公司法人代表，法人代表是王科；他也不是休学创业，他是边读书边创业。事实上，邱虹云下学期的课程排得满满的。

邱虹云说，他在公司的位置只相当于一个总工程师，王科才是总经理、老板。

王科从父母亲处拿来了一笔钱，这笔钱，再加上他在新东方外语学校教书的收入，成了他开始与邱虹云、慕岩、杨锦方共同创建视美乐公司时的重要资金来源。1999年5月底，他拿下了执照，自己当了老板。

5月底6月初，正在积极准备出国留学的慕岩、杨锦方权衡再三，还是选择了出国留学的道路并离开了视美乐。

这时，1996 级 MBA 学生徐中和另一位非清华学籍的在读生李益斌加入视美乐，组成了新的创业团队。

24 岁的李益斌是在新东方上学而认识与自己同岁的王科的。

王科在那里教 GRE，是李益斌的老师。因为李益斌曾在很多公司干过，并曾在加拿大一家公司从普通职员干到办公室主任，王科很欣赏他在财务方面的能力及他的为人，所以力邀他加盟。

爱激动的李益斌说：狮子应该站在狮子的行列。以他对王科的了解，他非常愿意加入王科的创业团队。

徐中是这个团队中年纪最大的，当年 29 岁，曾在一家规模很大的公司担任过团委书记，有 5 年的工作经验，进入清华念 MBA 后，又曾在一些大公司工作过。

王科很看重徐中的工商管理知识背景和他的工作经验。照王科的说法，此人"能量很大"。当初王科希望徐中给他推荐一个做管理的，结果徐中毛遂自荐。他们俩共同决定选择风险投资的方式来做这件事，他们希望自己至少也能像张朝阳的搜狐公司那样成功。

后来的事情很具体、很琐碎、很累人，跑执照、搞市场调查、写商业计划、跟投资管理公司打交道、跟投资方谈判合作事宜、选择产品生产厂家、选择零部件、选择专家和校内外人才，几个小伙子确实是全身心投入进去了。不久，他们位于清华东门学苑大厦的新办公室就进入最后的装修阶段。

夏日炎炎，邱虹云埋头在一个酷热的宿舍"实验室"，而他的伙伴则忙碌地奔波于北京的大街小巷。

按照风险投资的运作方式，王科、邱虹云和伙伴们最终选择了一家投资管理公司做自己公司的投资和财务顾问，帮助他们策划、融资。

除了自己找上门来的投资人外，投资公司还帮助他们引进新的投资人。

之所以选择投资管理公司，王科解释说，毕竟自己是学生，缺乏经验，对风险投资也不是很了解，他们需要别人帮他们，站在非常客观的角度来考虑问题，提出建议。

另外，他还指望投资管理公司帮助这个还很稚嫩的创业团队的领导层尽快成熟起来。

也许，这一次，他们就赢在管理咨询公司的介入。

清华兴业投资管理公司也非常重视这次合作。公司的总经理潘福祥曾是清华大学的学生会主席，也曾是经济管理学院的教授，后来从商投入证券界运筹搏杀，在业界有着非常丰富的人际网络。

而作为视美乐的投资与财务顾问，潘福祥根本就没有赚钱的想法，只是想探索一下在中国这种符合国际规范的风险投资到底行不行得通。

用潘福祥的话讲："成了，给大伙趟条路子，没成，也要给政策提个问题。"

在投资公司的统一运作下，他们先后见了 20 多个投资方。王科、徐中、邱虹云轮流向他们介绍自己的公司、产品、市场情况，回答他们提出的各种尖刻的问题。这可不是比赛，不能玩玩而已，每一次，都要倾全力投入。那些天，他们累坏了。在经过认真的筛选和相互选择及艰苦的谈判之后，最终他们敲定了一家实力雄厚的上市公司。

咨询公司还从商业运作的角度考虑，向这些年轻的学生创业者们提出了一条严格的纪律：在 7 月 29 日发布会之前，任何有关产品和投资方的事，绝不能吐露半个字。

但是，还是有知情者露出口风说，投资商的资金是分批投入，第一笔是风险资金，有几百万，第二批资金用于扩大生产规模，至少几千万。有这么实力雄厚的公司注入资金，第一次创业的王科他们更加小心谨慎，他们才不愿意煮熟的鸭子飞了呢！

在 1999 年 7 月 29 日前的这些天，网上到处都在打听："视美乐的发布会在哪儿开？到底视美乐做的是什么产品？投资方又会是谁？"看来，就从这一点看，管理咨询公司的建议给得好，也确保了最后协议的顺利签署。

7 月 29 日下午，果然有一个很隆重、规格很高、有教育部领导参加的新闻发布会。会上，视美乐公司终于向外界正式公开了他们守了多日的秘密：一个是他们的革命性产品，多媒体超大屏幕投影电视；另一个是他们已获得上海第一百货商店股份有限公司对"视美乐"投资5250万元风险资金的合同。

在现场演示会上，邱虹云展示了他发明的投影仪独特的功能。通过这个一尺见方的铁盒子，观众从大投影屏幕上可以看DVD、录像带以及电脑多媒体图像。图像非常清晰，不仅是普通投影仪不可比拟的，甚至超过了电视图像的清晰度。

他研制的这个多媒体超大屏幕投影电视，超越了现有电视技术，可以广泛应用于家庭、教育、商业等众多领域。

因为邱虹云一套超越传统技术的设计，让这个性能先进的产品其价格只是国外同类产品价格的三分之一，所以具有广阔的潜在市场前景。正式投产后产品将采用国外最新推出的一种液晶芯片，其清晰度将比当时市场上的数字电视高一倍，完全能取代现有普通及背投电视、投影仪等显示装置，届时将引发家庭视听设备一场新的革命。

上海第一百货的总经理张引琪是兴业老总潘福祥的老朋友。潘福祥一介绍，张总立刻锁定了这个项目，周日听到消息，周三他就到北京向"视美乐表示了投资意向"。上报董事会后，董事会开了半个小时的会就全面通过了。

前后仅3周，"上海一百"就成了视美乐的风险投资商，一期投资 250 万，只占项目收益的 20% 的股份，待产品完成中试后，二期投入 5000 万元，所占股份上升至 60%。

别小看这份合同的达成，这正是国际风险投资界风险投资人和创业者在不同的投资阶段风险与收益划分的通常做法，具有锁定风险和放大收益的双重效果，充分体现了风险投资的魅力所在，也在现行政策允许的情况下，为我国科技成果转化模式作出了全新的探索。

在这里，潘福祥讲："能够想到的财务手段都用上了，跟政策没有抵触，也算是个金融创新。"

发布会上的王科、邱虹云看上去既兴奋，又疲惫，这些日子以来，他们处于超负荷运转状态。

视美乐的核心层在融资成功之后没有改变，产品发明人邱虹云仍担任技术总监。总经理王科和负责管理的徐中也为原班人马。

王科表示，选择上海第一百货的原因是"上海一百"对学生创业团队给予肯定和信任，同时"上海一百"在市场营销方面的丰富经验也便于视美乐产品的推广。

尽管创业团队中尚无一人结婚，甚至有女朋友的都是少数。但是他们很肯定地说他们非常了解，引入风险投资就像是结婚和联姻，结了婚，想离可就难了，所以"婚"前不免反复仔细考虑。

"不光是因为有钱，'上海一百'的管理和市场经验都是我们十分缺乏的，正好互补。"王科说。

为尽快将这一高科技产品推向市场，视美乐公司与"上海一百"决定寻求能够提供生产和销售支持的新的合作伙伴。一个偶然的机会，青岛澳柯玛集团听说了"上海一百"与视美乐公司联合搞开发新产品这件事，马上派人前往北京、上海两地考察、谈判。

澳柯玛是国内著名的家电企业，视美乐的多媒体超大屏幕投影电视项目是他们感兴趣的方向和技术。而且当时澳柯玛正紧锣密鼓地筹备在国内上市，对高科技产品和学生创业十分感兴趣。

经过一番周折，青岛澳柯玛集团股份有限公司于2000年4月25日与北京视美乐科技发展公司签订协议，由澳柯玛出资3000万元，购买视美乐多媒体超大屏幕投影电视的全部知识产权，并且由澳柯玛集团和视美乐公司共同组建北京澳柯玛视美乐信息技术有限公司，简称"澳柯玛"。

此后，北京澳柯玛视美乐信息技术有限公司开始批量生产"多媒体超大屏幕投影电视"，其生产成本远远低于国外同类产品，而各项指标则为国际一流。其中一款ASP2150型机，后来成为世界知名的第一台多媒体数字投影电视。

有关专业人士对他们的成就赞不绝口："真是后生可畏，了不起！"

1999年夏，就在王科等人成功得到"上海一百"公司资金支持的后一个月，25岁的清华大学硕士研究生叶滨也和他的同学一起创建了一个开发因特网软件产品的乐都公司。

叶滨是安徽合肥人，1992年至1997年就读于清华大学电子工程系本科，1997年起在清华大学电子工程系攻读硕士研究生。

叶滨的创业梦想始于大四，当时，一家软件系统公司在清华大学设立了办事处。说是办事处，其实是这家公司为节省开支，在清华租下一间小屋，拿出其软件开发工作的一部分，分给几个清华学生来这里做。当时，学电子工程专业的叶滨急于实习，就托朋友关系，在业余时间来这里打工。

打工半年，叶滨得到4000多元的劳务费，除了交给学校300元的学费，一部分接济家里，另一部分成了他与同学间交际活动的"资本"。

这时的叶滨在朋友圈子里变得更加活跃起来。

1997年，叶滨所在的那个"办事处"业务越来越少，最后被迫解散。此时的叶滨又恰好在读本科的最后一年，时间比较宽裕。叶滨便发动"办事处"几位"同事"在清华大学北门租了间不大的民房，并合资买下5台计算机和桌椅，成立"工作室"，做起了和"办事处"类似的业务。

叶滨和同事们通过原来公司和朋友的渠道，陆续接下几个从几万元到几十万元的散活项目，这也成了叶滨以后创业的本金。

"工作室"的经历给叶滨带来另一个机会。当时一心想继续攻读研究生的叶滨功课并不突出,但他"工作室"的经历被学校视作实验室能力突出,保送本校同专业研究生。

对叶滨"创业"最有直接触动的是发生在他读研究生的第一年。这一年,叶滨所在的教研组接下国家"863"计划一个叫"网络电话"的科研项目,他被分配承担其中关于网上通话的软件开发工作。

叶滨利用一年时间,在实验室里做成当时中国第一个能应用于网上通话的软件"cool-audio"。

按照惯例,这一软件将被视作科研成果而锁进柜子。由于接近实用,叶滨获得导师李星教授的批准,把这一取名为"千里眼顺风耳小组共同开发"的软件放到了中国教育网上,供免费下载使用。

在软件稀缺的年代里,这一首创软件受到网民的追捧。

接着,一些网民在使用这一软件时,提出了各种意见和想法,叶滨听了很受鼓舞,并尽力修改。

第二年,叶滨把这些认识,加上后来认识到的商机,写进了自己4页纸的商业计划书,走向了创业计划大赛,也迈向了他的创业之路。

从1997年到1999年上半年,叶滨和同事们的"工作室"一直在工作。

1999年4月份的一天,叶滨在骑自行车的路上发现了一张关于创业大赛的海报。这时，他想到了自己的研究生课题，一个通过互联网实现计算机到计算机的通话软件。

叶滨立即找到他的另外3个清华同学，一块写了一份商业计划参加了这次大赛。

果不其然，叶滨的创意赢得了这次创业大赛的一等奖，同时也获得了种子基金。

在大赛小组预赛夺得第一名之后，叶滨的日子就不再平静了。这份创业计划在赛场引起很大反响，评委之一万通国际集团董事长王功权把自己的名片送给叶滨说，可以直接找他谈谈。

在和王功权的接触中，叶滨才知道研发出产品，并把产品推向市场后，这就是创业。

但他也知道，创业计划就是创业构想，离实物还有很长一段距离。

于是，怎样创业，成了叶滨最大的问题。除了接触渴望投资的王功权之外，叶滨还开始不断参加创业协会举办的沙龙，接触各个行业的朋友。

不久，邱虹云、王科等人注册资金50万元创办北京视美乐科技发展有限公司。随后，上海第一百货商店股份有限公司250万元的首期投资入账，视美乐顺利进入公司研发阶段。

看到了校友的成功，叶滨和"工作室"的3个同事合资10万元，注册了乐都计算机软件开发有限公司，随即进入"技术寻找资本"的新阶段。

8月份，清华大学为鼓励本校学生创业，创建了"清华创业园"。因为创业园对清华创业者优惠，叶滨的乐都和视美乐等学生公司同批进驻。

这时靠创办者合资生存的乐都，在视美乐隔壁选了一间租金为5000元的小办公室。之后，乐都一边做软件雏形的开发，并根据各方面的反馈不断细化自己的商业计划；另一方面开始四处寻求资本。

1999年的11月，叶滨获得了第一笔风险投资100万元人民币，投资者是香港长远电信公司。同时，叶滨将公司正式改名为北京威速科技有限公司，简称"威速科技"，并在香港正式注册。

叶滨的威速科技公司英文名称为V2TechnologyLtd，其中的V2，来自两个英语词汇：声音和图像。这也是他们的业务方向：将网络服务超越平面，引入语音图像交流。

有了百万资本进账，叶滨的队伍如鱼得水。两个月后，他的研发队伍发展到了近20人。

但是，这100万元人民币的风险投资对于一般的公司来讲应该是个不小的数目，但对于需要做大量研发工作的IT公司来讲却只是杯水车薪。经过几乎从零到创建的过程，叶滨发现公司的资金已经告罄。

困难促使叶滨不断地思考，用他自己的话讲，"人只有在痛苦的时候才会进行真正的思考"。

当他觉察到资金缺乏后，再次投入到融资的过程中。

2000 年 6 月和 7 月，启峰科技、香港电讯盈科以及马来西亚的亚洲互动网先后注资 V2，叶滨得到 100 万美元的发展资金，顺利地完成了融资。

在百万美元风险投资的支撑下，威速科技于 2000 年 4 月开发出了第一个产品，即"V2Communicator"。

这是一款类似于 ICQ 的软件，不过不是以文字聊天，而是以通话为主。大量用户蜂拥下载这款免费软件，但它却无法给威速科技带来赢利回报。为了创造利润，叶滨将公司重心从个人用户转向企业级客户。

到 2000 年 8 月，威速科技推出了第二款软件，这是一款多媒体播放平台。很快一个新的挑战出来了。

由于没有统一的标准，不兼容的问题令客户非常痛苦，威速科技的第二款产品就这样宣告失败了。但幸运的是，叶滨却从失败产品客户的反馈中，产生了他下一个产品的想法。他认为："流媒体对于中国的企业客户来说太新了，如果我们能够找到一条能举行视频会议的路，人们就会感兴趣。"这就是促使 V2 视频会议软件诞生的动力。

威速科技此次将重心放在改善软件的视频效果上，这个战略是叶滨注意到的客户反馈的结果。

2002 年 V2Conference 第三版推出的时候，收入开始源源不断，威速科技终于实现了盈亏平衡。

自此以后，威速建立起了一大批重量级客户，包括沃尔玛和可口可乐。

2003年8月，叶滨了解到一家外国公司所提供的P2P的话音服务，他看到免费网络电话在美国风起云涌，更看到了P2P网络的潜能。他认为"可以将P2P网络与视频会议结合起来"。

也就是说和V2Conference不同的是V2Tone使用P2P网络技术，可以使个人用户或者公司雇员都利用互联网进行声音和图像的交流。

叶滨将这个产品看成是一个革命性的机会，因为P2P网络技术使音视频通讯的成本大大削减了。

2003年，借助非典疫情对视频会议市场的需求的拉动，威速科技的销售增长达到300%。但是，更见实力的是，2004年，威速又增长了50%。

2009年，是威速成立的第六个年头，威速成长为中国视频会议领域的领导厂商，在中国网络视频会议市场所占份额超过30%。这是一个新兴市场，威速却占领了它的潮头位置。

中央财大学生回乡创业

2002 年，在广西昭平县一个十分偏僻的小山村，一位毕业于中央财经大学国际贸易专业的大学生，却来到这里办起了牧场，养起牛羊，开始了极富传奇色彩的创业历程。

他的名字叫邱展宗，2001 年毕业于中央财经大学国际贸易专业，此后，曾在一家旅行社担任经理，收入不错，并很快掘得了毕业后的第一桶金。

然而，从 2002 年开始，他放弃高薪的工作，放弃优越的都市生活，回到了故乡创业。此举无疑给昭平县富罗镇沙子村投下了一枚重型炸弹。

"你是不是疯了？"首先站出来反对的是他父亲邱应芳，"我流血流汗供你读书，就是指望你跳出农门，当个干部，做个老师都行，如果回来养牛放羊，哪个不会，何必送你读书？"

弟弟也极为反对："村里没读过书的人，都纷纷外出打工。你喝了那么多年的墨水，还回家跟牛屁股，能有什么出息……"

就连曾经分手的女朋友，也带着父母特意从九江市千里迢迢赶来，合力劝其回城工作生活，然而，邱展宗却微笑着回绝了。

村民同样不理解。他的想法不仅遭到了村民的嘲笑，就连一直给他帮忙的堂兄也感到很奇怪："我们这里出去一个大学生多不容易，现在倒好，回到这山沟里来，这能有什么前途？"

一些乡亲纷纷摇头：这娃娃真的疯了！

然而，这仅仅是开头。邱展宗在创业过程中许多做法不但让当地村民难以理解，就是在县城里也使不少市民和商家百思不得其解。

为了保证科学圈养牛羊，他一口气租了1000多亩荒山做牧场，并承包了50多亩田地，花钱请人种上牧草……

祖祖辈辈从没有圈地养牛羊的历史，更没有见过在田地里种草的，村民更加迷惑了。

"山上到处都是草地，养牛还要种什么草。"曾当过村干部的邱展宗的堂兄邱益武的话语说出很多村民的心里话。

村民邱继生也疑惑万分："哪里有种草来养牛的？我们养牛都放在山上，怎么种草来养牛？"

但邱展宗自己心里却很有数，在内蒙古工作间隙，他特意去考察了当地依靠养殖致富的成功经验，并密密麻麻记了几大本笔记，他更知道自己的家乡有山有水，非常适合生态养殖业。他还了解到光靠山里的野草，不能满足现代化养殖的需要，必须种上优质的牧草，所以，他回来的第一件事就是种牧草。

2003 年春天，邱展宗种下的牧草已经将近一年了。但村民却一直没看见他养的牛，他们都觉得邱展宗的草是白种了。村民有默默担心的，有摇头叹气的，也有幸灾乐祸看热闹的。

村民邱继生曾放言："租这么多的田来种草、养牛，他肯定会失败。"

村民邱益阳则感到很惋惜："这个怎么搞呀，投资那么多下去。"

这时的邱展宗却并不着急，他原本就是要等到草长好后才开始养牛，而且养的还不是本地一般的牛："广西的小黄牛个子比较小，生长比较慢，五六年才能生长一条小牛，肉质老化不好吃了。只有经过杂交改良后的肉牛品种，产出的小牛才能生长迅速，而且产肉率高。"

当时的贺州市也正在搞牛品种改良，邱展宗更加认定了这个路子。

这时，邱展宗在内蒙古挣来的钱只剩下 10 多万元，他全部拿去买来进口的种牛，开始精心饲养。

2005 年，邱展宗卖掉第一批牛挣了点钱，但他很快又不卖牛了。

原来，那时候昭平全县只有一家屠宰场收购肉牛，宰杀后再把牛肉卖到市场，因为没有竞争对手，他们收牛时故意压价。

"我卖给他的时候，他们不给那么多，他们给很低的价格，值 2000 元钱的牛，给我 1500 元钱。"

看到自己养牛的利润都被别人赚走了，邱展宗有了一个新的想法："我自己拿到市场上面去屠宰，经过自己屠宰分割以后，一头牛价值2000元能卖出2300元，能产毛利大概400到500元钱。"

办证、联系肉摊、操练分割……随后，邱展宗马不停蹄干了起来。由于他养的牛出自山水天然牧场，加上喂他特意种上的优质牧草，这些牧草中含有丰富的营养物质，牛吃了后肉质也不一样。

很快，他的牛肉在县城肉市场站稳了脚跟。上午10时多，别人的肉摊还没有卖出几斤，他的牛肉早被抢购一空。

从卖肉牛到卖牛肉，邱展宗的利润增加了，牛肉的销售量也越来越大，生意越来越红火，这更加坚定了他当初回乡养牛的选择。

牛肉在市场上越卖越火，但邱展宗又不满足了——既然自己的牛肉这么好，为什么不直接销售给酒家饭店，减少一道环节而增加利润呢？

2006年5月，邱展宗带着新鲜的牛肉直扑饭店。然而，饭店都有自己固定的供货渠道，对半路突然冒出来的"程咬金"，没人当回事。

连跑了10多家饭店，却一两牛肉也没卖出去。

怎样才能让饭店接受自己呢？

邱展宗又想出了一个怪招：每公斤售价比其他商家贵4元！先决条件是供货时先说明"优质优价"。

刚开始闯市场，不是低价入门，反而比别人还要贵，邱展宗这个奇怪的举动虽然让县城那些饭店都无法接受，但让人一下记住了他的名字。

随后，邱展宗又出怪招，把牛肉送去给饭店免费使用，一家在昭平县城较大的饭店勉强答应先试用，结果却令他意想不到。

"我们试验过以后，感觉他的牛肉确实不错，最终决定跟他合作。"饭店经理陈善邦说，"宁愿贵一点，因为他的牛肉分量足不注水，口感都不一样，很新鲜。"

饭店用了邱展宗的牛肉后，来吃饭的人都觉得味道好，邱展宗的牛肉在顾客中慢慢地有了口碑。

尽管"贵"，但很多酒家从此就认定了邱展宗，只从他那里买牛肉。

商家们无不惊叹："这小子！行！"

从此，邱展宗每天都要赶上几头牛送到县城去屠宰，新鲜的牛肉还没上市就被县城里的饭店早早地订购一空，每个月都有数万元入账。

但是，邱展宗和村里的亲戚一起养的牛加起来存栏只有200多头，远远满足不了迅速扩大的市场，邱展宗就到周围昭平镇、北陀镇、仙回瑶族乡等去发动农户按照他的养殖模式养牛。

不久，就新建基地3个，总面积3000多亩，新建成牛舍200多平方米，种草40多亩，公司系列产品成功打进贺州市区超市并设立专柜……

为了更好更快地促进农民增收致富，昭平县决定扶持邱展宗发展养殖业，通过走产业化经营模式，传授养殖技术，带动全县农民一起饲养牛羊，使牛羊养殖成为昭平县的一个重要产业，为发展县域经济贡献一份力量。

在邱展宗的倡议下，该县还成立了草食动物养殖协会。他本人也当选为贺州市二届人大代表。

邱展宗回乡创业的事迹先后在《人民日报》、中央电视台、中国教育电视台、《广西日报》、广西电视台、广西电台、广西新闻网、《广西人大》、《贺州日报》、贺州电视台、贺州电台等全国数十家媒体亮相。

邱展宗获得诸多荣誉后自豪地说：

> 我觉得，大学生回乡当农民已经不是传统意义上的农民了，而是社会主义新农村的新农民；大学生回乡从事农业工作，也不是传统意义的小农业，而是社会主义的现代农业；大学生学成回乡创业，不是在城市找不到工作后无奈的第二选择，而应该是有志青年学子学有所成后干一番事业，报效祖国，服务社会的第一选择。

湖南硕士生当村干部创大业

2003年7月,河南省漯河市的王红兵在湖南长沙攻读法学硕士毕业后又回到了家乡河南,被分到漯河市源汇区干河陈乡工作。

2005年,源汇区率先推行大学生做村干部工作,王红兵被下派到毛寨村,当起了最基层的村干部。

毛寨村是一个典型的城郊村,经济比较落后,而且历史遗留问题多,群众多次上访,党群干群关系紧张,乡干部提起来人人摇头。不说别的问题,就是村口那座占地约半亩的垃圾山就让人头疼。垃圾山蚊蝇乱飞、恶臭熏天,附近村民连做饭都不敢开窗。往届村"两委"班子曾想把它搬了,可一估算至少得20万元,村集体根本拿不出这笔钱。

王红兵干上村干部后,多次跑市政等部门,协调了两辆垃圾清运车,又动员村里的党员出义工,出车100多趟,仅用3天时间就搬走了垃圾山。

为了实现产业富村,王红兵经过调研,紧紧抓住村交通便利、紧临市电厂的区位优势,决定在村里剩余的130亩机动土地上建设毛寨村工业园,实现工业强村。

他使出了浑身解数,与投资商联合开发,解决了建设资金不足问题;协调市电厂为工业园架设了电力专线,不仅保证了企业用电，而且价格非常优惠。他还组织村干部主动为企业代办手续，发动群众义务为企业照看施工设备，为企业入驻工业园提供全面的服务。

顺诚铸件有限公司在引进之前是一家生产精品铸件的企业，因为缺厂房，公司只得租房生产。王红兵打听到这一情况后，就主动与公司联系，不仅帮助该公司在工业园解决了厂房问题，而且还与区委领导一起，陪同企业老板到湖北十堰的东风汽车公司考察谈判、审签合同，使企业一次性拿回了4000多万元的订单。

经过他的努力，喜乐包装材料、宏超电器配件、建泰钢化玻璃等多家投资千万元的项目先后落户村工业园。

其中，毛寨工业园总投资已达1.4亿元，一年可为村里创税收100多万元，提供就业岗位600多个。

集体的腰包鼓起来了，王红兵和村"两委"一班人又开始考虑村里的公共事业和村民的福利待遇。王红兵多方争取，协调资金、车辆、劳力，新修了1800米长的村主干水泥路，疏通了1600米的排水沟。

村里还维修了村小学校舍，建起了操场，实施了道路亮化工程，村"两委"的办公条件也得到极大改善。所有这些，没有向群众集资、摊派一分钱。

针对村民看病难的问题，王红兵推行村民就医"三三制"，即村民大额医疗费用个人拿三分之一，合作医疗报销三分之一，村集体负担三分之一。村里还实施夕阳红工程，对全村年满70岁以上的老人，每月发放50元养老补助。

经过两年多的努力，源汇区闻名的"上访村"变成了"文明村""富裕村""和谐村"，毛寨村党支部也先后荣获河南省5个好基层党组织、全市先进基层党组织等多项称号。

王红兵由此荣获"漯河市优秀党务工作者""源汇区十大杰出青年"光荣称号，闯出了一条硕士大学生村官的创业发展之路。

2003年9月，从西南农业大学蚕学与生物技术学院毕业的王寿波，选择了与王红兵一样的道路。

王寿波毕业那年，"非典"疫情袭击中国大地。北京的一位女医生，冒着生命危险坚守在护理一线，即使在感染"非典"后仍不肯离开工作岗位，最后，留下年幼的孩子离开了人世。

她的事迹震撼了王寿波。于是，他放弃了留在重庆工作的机会，报名参加了西部计划，来到乡镇当了一名志愿者。

距离重庆綦江县城16公里的气田村，共有966户3303口人，历来都有种桑养蚕的传统，还曾建有重庆南部唯一的蚕种场。但由于传统的养蚕技术落后，村里没有一家企业，也没有任何集体收入，有的只是村委会近10万元的债务及一间阴暗潮湿的地下办公室。

来到气田村后，蚕桑专业的背景让王寿波很快就发现了困扰当地蚕桑业的泥枯病。看到原本简单的知识，村民们却一直不解，王寿波感到了自己的价值。

村民们真诚的感谢和夸奖也让他有了一丝成就感。一年志愿服务期满，王寿波决定放弃公务员的机会，留下来。

2004年9月，王寿波参加重庆市綦江县新一轮农村基层组织换届选举，经过两轮差额选举，王寿波以最高票当选气田村党总支书记。

24岁的他也因此成为綦江历史上最年轻的村总支书记，同时成为大学生西部志愿者中的首位村干部。这个"光环"的背后也意味着他放弃了公务员编制，成为一名事业编制的"小村干部"。

由于王寿波本身就是从农村考进西南农大的，所以他认为只有回到生养他的农村才能体现他的价值。

在充分了解当地的实际情况后，王寿波制定出了气田村的蚕桑发展新思路，即以点带面，全面发展蚕桑。

2004年底，在一家丝绸公司的支持下，王寿波组织村民集中在气田村栽种了450亩桑树，并且嫁接了80亩桑苗。按其规划，3年内还有上千亩桑田将进行改造。

2005年，他们改良了500亩桑田。但这一年，农民增收计划因为遭遇大旱、秋蚕受到严重损失而未能实现。不过王寿波乐观地表示，如果一切发展顺利，来年村民的养蚕收入将会翻番，达到30万。

事实上，气田村的变化已经初显端倪：新建的村委会取代了昏暗潮湿的地下室，《气田村2005年—2007年发展规划》也在他的主持下起草完成。

2006年,王寿波又为气田村争取到了一个人畜饮水问题的国际项目,可以解决2000多人的饮水和1000亩水田的灌溉问题,村民收入眼看着也在往上升。

两年多的村干部经验让王寿波明白,一个村干部的力量是有限的,农村的发展还需要国家、社会更多的扶持与帮助。

"比如蚕茧的销售。根据现在国家的政策,我们村里不能自行收购,而是卖给统一的机构。而这个机构每个县就一个,这样对我们百姓可能就不'实惠'。它要是压价,我们还得卖给它,不然就卖不出去。"王寿波说。

在他看来,如果蚕茧收购放开,村里和蚕桑有关的工业产业将会有一个好的发展机会。

王寿波说:"我们自己收购蚕茧来深加工,比卖出去再买来要合算得多。"

尽管气田村的发展还有很多的路要走,但王寿波还是有很多的慰藉:"作为一名桑蚕专业的大学毕业生,我在这儿实现了我的人生价值,也得到了村民的认可。"

西安交大学生从送快餐起步

西安交通大学毕业的何咏仪,立志打造"中国第一快餐中介",开办了西安柒彩虹餐饮有限公司。2004年底,她的公司利润突破百万。

2000年夏天,何咏仪从西安交通大学通信专业毕业了。当时她踌躇满志,立志要干一番事业。但半个月过去了,她却没有找到合适的工作。

此时,兜里的钱已不到500元,她又不愿意找父母求援,怎么办?

一天,走累了,何咏仪拐到一家快餐店吃快餐。老板一眼看到她的求职简历,笑着搭讪。临走前,老板递给她名片,让她有困难联系。

回到住处,犹豫很久,何咏仪终于拨通号码,怯怯地问:"您的快餐店,还需要人吗?"

"你随时可以来上班!"

终于工作了,心情却是尴尬的。进来一个人,她就心跳半天,怕是熟人,魂不守舍的,还出过几次小差错。第一天就这样挨过去了,何咏仪告诫自己:做一行专一行,架子面子,免谈!

不久,何咏仪开始给西安高新区一些写字楼的白领送餐。才去第一家公司,就听到白领们纷纷发牢骚:"你们店做的饭太没特色，再不改，我们就另外订餐。"

送餐出来，何咏仪看见另一间快餐店的女孩在抹泪，于是关切地问她。原来她的客户一打开饭盒就骂，说又搁辣椒了，每次叮嘱都白费力气……女孩委屈地说："我每次转告客户意见，老板都不理会，还说今后不给他们送快餐了。"

何咏仪眼前一亮，这不是一绝好的商机吗？有的快餐店认为白领们难伺候，要求高，主动放弃了送餐业务。我为什么不把这笔业务接过来，按着白领们的要求走呢？

从此，何咏仪每次送快餐，都会详细记下对方的电话、用餐口味和个人禁忌。自己收集的信息不够，她还会问其他同行，一一记下来。

快过春节了，店里放假，何咏仪决定留在西安作快餐市场调查。

冒着严寒，何咏仪去西安高新区附近调查各家快餐店，她用冻得红肿的手记录下名称、电话、餐饮风格和快餐价位。店还真全，什么东北菜、南方小吃、北方面食、西安土产，应有尽有。

几天考察下来，何咏仪心里更有谱了，酝酿着新的快餐运作模式："我可以做一个快餐中转站，收集各种风味快餐，提供给公司的白领，从中赚取差价。既帮快餐店拓宽了业务，又让白领选择更多，何乐而不为？"

说干就干，春节期间需求旺盛，很多快餐店放假。就抓住这个机会！

何咏仪在东桃园村找到一间 20 平方米的门面房，月租 400 元。然后雇了两个人，包吃包住工资 500 元，任务就是送餐。

何咏仪做了 3 套送餐服装。接下来，她开始打电话给各个写字楼，寻找业务。很多都是老客户，加之很多快餐店还没上班，很快，她就拿到 100 份订单。挂掉电话，何咏仪高兴得跳了起来。

事先有过调查，何咏仪很快根据订单的要求，找到了需要的快餐店。老板一听何咏仪要 50 份，答应给个优惠价格。何咏仪当即交了订金。随后，她又去另一家饭馆，预订了 50 份特色菜。饭菜送到，何咏仪穿上工作服，和两名员工一起外送。

当天，除去各种费用，何咏仪净赚 150 元钱。初战告捷，何咏仪信心十足。第二天，她多预订了 50 份，很快又送完了。

春节过后，快餐店的竞争日益激烈，何咏仪的订单不如以往多了。她干脆亲自上门，到公司推销。面对质疑的目光，她从容地拿出自己记录的快餐店手册，说："你们想吃任何口味，我都可以满足。送餐及时，保证营养，还能经常变换花样！"

不少公司抱着怀疑的态度，但一试下来，果然不错，纷纷取消原来的订餐。一个月下来，何咏仪外送的盒饭达到 3600 多份，利润达到 2000 多元。

第二个月，何咏仪又招聘了两位员工，自己则主动出击，到更多的公司联系送餐业务。同时，她不断想出各种花招，吸引白领。

一方面，她寻找到更多各具风味、干净又便宜的小饭馆，让快餐店手册日益丰富，白领有更多选择；另一方面，她到各公司发放调查问卷，统计白领最爱吃和最想吃的饭菜，然后自己设计新菜单，交给饭馆去做。

何咏仪渐渐被写字楼的白领们熟悉。一年后，何咏仪外送的快餐盒饭每月几千，到2004年底，年利润已经突破100万元，并从小店面升级为"西安柒彩虹餐饮有限公司"。

工作步上正轨后，为了不荒废专业，何咏仪又应聘到某知名电信公司上班，身兼两职。每天早上9时，她准时打电话给各个快餐店，预订特色菜，11时整，公司的工作人员统一着装往各个公司送饭。

打造西安第一快餐中介，何咏仪的梦想更大：

> 将来时机成熟，我想把快餐中介做成中国连锁！没有不可能，就看你敢不敢想！

南京学生筹资开办大卖场

2005年12月27日,南京媒体圈的很多记者都参加了一场特别的新闻发布会。这场新闻发布会的主角是一位在校的大学生,南京邮电大学21岁的大二学生陈峰伟。

在新闻发布会上,陈峰伟大声向众多媒体宣布,由他自筹资金300万元、并担任董事局主席的"唐电电器有限公司"正式成立,而公司的第一家电器大卖场将于2006年2月底开门迎客。

在新闻发布会上,陈峰伟公司的7位核心领导集体亮相,均是20岁上下的在校大学生,这个阵容堪称南京最年轻的民企领导层。

21世纪的南京是家电销售巨头云集之地,本土就有苏宁、五星等大公司,外来者也有国美、永乐等名牌企业。

对于白热化的竞争局面,陈峰伟如何应对呢?在新闻发布会上,陈峰伟用与他年龄不相符的沉稳和自信说:"他们做他们的'全国强龙',我先做仙林地区的地头蛇。我们的优势就是比他们更了解大学生的需求。我的目标是做大型企业,做大学生的企业!"

作为大学生自主创业的企业,唐电电器有限公司摸索的是一种全新的有大学生特色的企业模式。为了见证自己企业的责任感，在公司成立的新闻发布会上，陈峰伟现场为南京市红十字会捐了5000元人民币。

而在该公司提供的一项资料中显示，唐电电器有限公司的文化品格是"打造新一代大学生的形象，树立80后一代的榜样"。

企业之所以取名"唐电"，陈峰伟解释："唐"，取唐朝、唐人之意，表明对公司在中华大地大发展的追求；"电"，既表明公司现在主要经营电器，也预示今后的战略投资将涉足能源、电力等。

在新闻发布会现场，主席台边投影仪循环打出的字幕标题是"一个大学生的商业帝国构想"。

在公司的商业计划书里面，陈峰伟设计了企业发展战略：

第一步创业阶段，达到仙林大学城18%的市场份额，并在南京市有较高的知名度。第一年的销售目标达到4000万元，并实现盈利400万元。

第二步立业阶段，达到仙林大学城80%的市场份额，并成功扩展到餐饮、娱乐、电子商务等行业。3年内的销售总额达到两亿元。

第三阶段走出南京，在其他地区拥有自己的产业，5年内的销售总额达到8亿元并要成功上市。

为了对投资商负责，陈峰伟已经向学校正式递交了停学申请报告，时间是一年，以此来专心勾画自己的商业帝国蓝图。

这个高考时以 8 分之差与清华大学擦肩而过的南京邮电大学在校生，为什么突然有融资 300 万元的"大手笔"？是哪些经历促使这位 21 岁的河南小伙子，突然摇身一变成为唐电电器有限公司的掌舵人？

陈峰伟的老家是河南省周口地区一个非常普通的家庭，父亲是名退伍军人，母亲则是居家主妇。少年时代，他像许多同龄人一样，喜欢军事与足球，曾经的梦想，是走入绿色军营，做一位将军。但家里的一场变故改变了他梦想的轨迹。

父亲退伍不久，买车做起了运输，因为生意很好，不久又买了辆货车。但好景不长，父亲有一次在出车途中意外撞死了一位老人，父亲不得不卖掉两辆车，家中光景顿时一落千丈。父亲苍老了，母亲也憔悴了。看到这些，作为家中长子，陈峰伟暗下决心，这辈子就做个成功的商人，将来好好挣钱养活父母。

从上大学第一天起，陈峰伟就有超出常人的商机嗅觉。2004 年军训时，学校只发了衣服，却没配鞋子，他从市区购进鞋子，一运到学校就遭到"疯狂抢购"。大一下学期他做图书代理，订购考研书籍和字典、辞典，在仙林大学城的几所高校展销，卖得也不错。

牛刀小试，陈峰伟用自己的双手解决了生活费用问题，也看到了自己的潜力。"大胆"的他还曾想在学校开网吧，但学校不允许；后来计划开星巴克，由于资金紧张且学生消费不起，就放弃了；还考虑过要在校内开学生餐厅，但和食堂方面没协商好，也无果而终。陈峰伟似乎全身长满生意眼，这不光在同龄人中少见，社会上也很少有人做到。

此外，陈峰伟在大一时就开过一家公司，专门从事家教中介。在此之前，他曾做过家教，但没做多久，他就自己开办了家教中介公司，原因很简单，即帮穷学生省钱，"绝大多数家教公司都是向学生收取中介费，而我的公司是向请家教的人收中介费"。不过公司运转一个月后他就不做了，"因为发现很难赚钱"。

第一个学年结束后，他回河南老家做招生代理，后来在太平洋建设集团实习，做大学城的手机、笔记本电脑总代理……

他的头脑在市场的闯荡中越来越成熟，眼光也越来越开阔，据说做代理业务的时候，他曾在3周内赚了两万元。一年多的时间里，陈峰伟就赚到30万元左右。这笔积蓄成为他后来创办唐电电器有限责任公司的启动资本之一。

在向同学们推销手机和其他数码产品时，陈峰伟发现了巨大的商机：仙林地区有12万名大学生，却没有一个专售数码、手机产品的店铺。

"仙林地区手机、笔记本电脑和数码产品的年市场份额达3.6亿元之巨，光手机一天就产生300部的需求量。"

陈峰伟称这一结论来自他组织的市场调研。

陈峰伟向大学生们做的另一个问卷题目是：如果我在仙林开一个大卖场，你会不会来我这边买？

70%的学生的答案是"不会"，他们选择如苏宁、国美这样的大店，一部分会选择去珠江路，在问卷上选择到他店里去买的占18%。

但这18%也给了他很大的刺激，用纯数学计算，3.6亿元市场总需求的18%就是6400万元，这个调查使得陈峰伟非常兴奋。他认为这些数据实际上是证明了他的判断。

起初，他希望找一个有实力的家电企业合作共同开发这个市场，可是，当他与五星电器等企业商谈开加盟店时，对方拒绝了他，并质疑他的调查数据。

在挫折面前，陈峰伟没有气馁，而是又组织了一次调查，结果数据与前一次相差无几。陈峰伟称，18%的市场份额实际上是一个保守的估计，经过两次检验后，他对开办仙林电器卖场更有信心了，并打算自己单干，可摆在他面前的是如何解决第一笔资金。

陈峰伟自己的积蓄加做生意赚的钱，只有30万元左右。于是，他开始四处奔波，拉投资。

"我父亲有不少战友在北京，我就想找他们帮点忙，于是一趟又一趟往北京跑。就在我第十次去北京的火车上，与邻座旅客闲聊时，得知他是北京一家投资集团的副总，他对我的项目很感兴趣。"陈峰伟说。

后来，这家集团暗地来仙林考察过，并认可了他的计划。以后又在著名民营企业家严介和的担保和支持下，这家集团与陈峰伟达成合作意向，先提供100万元有息贷款给他。

　　还有100万元是南京某地产商给予他们的风险投资，他给对方的回报是分给对方1%的公司股份。剩下的70万元是他同学父亲给他的投资款。

　　河南省周口市的有关党政领导得知陈峰伟的消息后，马上派人与江苏省招办联系，并连夜通过南京邮电大学联系到陈峰伟的父亲，然后与陈峰伟本人通了电话，希望他在合适的时候回老家招商引资。陈峰伟也将这纳入了公司的商业计划书。

　　"我们已经与海尔、TCL、诺基亚等10多个厂商达成了协议，广东一带生产MP3的企业也已经同意免费铺货进场。"言语间，陈峰伟颇为踌躇满志。

　　"我们现在已经有了一个意向性的大单子，价值400万的彩电，是某高校团购的。因为涉及商业机密，具体我就不透露了。"陈峰伟在记者招待会上透露这个喜讯。

　　当问及南京的家电商战现状时，陈峰伟表示"欢迎竞争，不回避竞争"。

　　他认为自己的撒手锏有两个。一是服务：唐电的管理层、店员都是大学生，最懂大学生的消费需求，在仙林具有天然的接近性，比大店反应敏捷。二是营销模式：曾经一度，陈峰伟整天都在琢磨这个全新的盈利模式到底是什么？"创造不同于国美、苏宁的盈利模式——盛大网络靠'点卡'收费模式，福中电脑靠'3+3'模式，我要创造出自己的盈利模式。"他现在想到的是，在卖场没建成之前，通过网上营销发展客户。卖场在2006年2月底开业后，可以发展一种直销模式，让员工深入到身边宿舍。公司给他们固定工资加提成，还有弹性的工作时间，不占用他们正常的学习时间。

　　新公司的管理团队也是陈峰伟一手挑出来的，半年以前，副总邢永攀还是石家庄经济学院的一名学生，他看到有关陈峰伟的报道，于是直接联系到陈峰伟，一方是融资优势，一方是管理优势，双方一拍即合。

　　邓悠是南京邮电大学大三的学生，他在唐电电器的职务是董事局办公室主任。得知陈峰伟的卖场计划后，他主动找上了门。"疑人不用，用人不疑"，陈峰伟分给了他们股权的一部分。

　　谈到陈峰伟开大卖场，太平洋建设集团董事局主席严介和是绕不过的话题。

　　在不久前的经济年度人物评选中，严介和跃入公众视野，但是也因其独特的投资方式而引起争议。在陈峰伟开大卖场过程中，严介和给予陈峰伟大量无私的帮助，为陈峰伟提供贷款风险担保，还亲自出任唐电电器的名誉董事会主席。

　　就连唐电电器的企业哲学：

> 脚步到达不了的地方，眼光可以到达；眼光到达不了的地方，梦想可以到达。

也是严介和当初与陈峰伟交流时定下的基调。

陈峰伟和严介和非亲非故，在陈峰伟大一的时候，严介和曾到南邮开过一个讲座，陈峰伟就是在那个讲座上得到严介和的手机号码，随后经常拜访严介和，还于暑假期间在太平洋建设集团实习了一个月。

实习时，陈峰伟任董事会主席助理，跟在严介和的身边，他看到了这个庞大企业的企业文化魅力。很多理念例如"股份大众化，财富社会化"都被陈峰伟借用到自己企业之中。还有陪着严介和召开的一次新闻发布会，也成为陈峰伟后来操演的蓝本。

对于严介和，陈峰伟保持着一种朋友兼教父式的尊敬，在太平洋建设集团实习期间，他没有要一分钱报酬。

"严主席说我很有他年轻时的样子。我和他每次交流时都很有默契感。我有时称严主席为严老师，他曾开玩笑说如果他开商学院，我就是他的第一个学生。我当初决定开大卖场时，严主席很支持，还回忆了他20岁时竞选厂长成功的事。我现在每天都和严主席保持电话联系，密切时一天能打七八个电话给他。"顿了顿，陈峰伟说："如果我不办大卖场的话，我会选择进太平洋建设集团当一名员工，因为那里很有人情味。"

陈峰伟于2005年7月11日进太平洋建设集团实习，

那天也是他的生日。集团副总强炜亲自给他办了生日晚会。这一幕至今让陈峰伟感慨不已。

对于陈峰伟庞大的商业战略构想，很多人都在发问：他这样做会不会是一时冲动？会不会是异想天开？会不会是前途未卜？

担任唐电总顾问的太平洋建设集团的副总裁强炜则肯定地说："小陈曾在太平洋集团实习过，对于他这种敢于尝试、敢于打拼、敢于迈出第一步的精神，我们会在文化角度和市场细分等无形的方面给予最大的帮助，我们对此事是持乐观态度的。"

强炜对于陈峰伟成功的概念是这样阐发的："对于他来说，迈出第一步，不管以后失败还是成功，他都是成功了。"

北大学子卖猪肉成富翁

2006 年，北大学子陈生悄悄进入养猪行业，在不到两年的时间在广州开设了近 100 家猪肉连锁店，营业额达到两个亿，被人称为广州的"猪肉大王"。

陈生，广东湛江人，1984 年从北京大学经济学专业毕业后，分配至广东的一个地方政府当公务员，3 年后毅然下海。

陈生之所以会选择下海，是因为他在机关工作时，单位只有他一人是学经济学的，他在科室里总是感到很郁闷，觉得自己在那里格格不入，也找不到职业优势。

后来，他无意中写了一篇名为《中国迟早要进入自由经济》的论文被相关刊物发表了，又引起了直接上司的"教育"，认为他的观念有问题。

于是，这次的"论文事件"促使他间接作出了辞职的决定。

陈生下海后，倒腾过白酒和房地产、生产过苹果醋，此后又走上了卖猪肉的道路。

陈生作出了在当时看来有点离经叛道的决定，但是却没有受到来自家庭的阻力。倒不是说家里人就完全没有意见，而是对于陈生来说，自己下决心去做的事情，不会被外界的因素干扰而改变。

他决定下海的时候，脑子里就不再考虑成败、得失或者旁人的看法了，他认为在一件事开始时不能想太多，因为考虑太多，到最后的结果很可能是做不了。

他认为，很多事情不是具备条件，作好了调查才去做就能做好，而是在条件不充分的时候就要开始做，这样才能抓住机会。至于条件的不足，可以用种种办法调动一切资源来解决。

他才开始卖白酒的时候，根本没有能力投资数千万设立厂房。他只好借鸡下蛋，直接从农户那里收购散装米酒，借广大农民的家庭设施为自己生产。

就这样，他没有投入一分钱的固定设施，就生产了数倍于投资几千万元的工厂的产值。

积累了一定资金后，他又开始从买成品酒转变成来料加工，这才开始租用厂房和设施，再之后才有自己的厂房，打造自己的品牌。之后他迅速地进入和占领市场，在白酒市场上打了一个又一个的漂亮仗。

正在陈生的白酒生意蒸蒸日上的时候，有一天，有一位国家领导人到南方视察，在途中该领导人用陈醋兑雪碧当饮料。

当时人人都争相效仿，陈生没有去凑这个热闹，但他却产生了生产这种饮料的想法。经过多次尝试，一种新的饮料——"天地壹号"苹果醋就此诞生。

2006年，"天地壹号"苹果醋的市场稳定以后，陈生又开始转战养猪业。他先是在湛江和广西交接处附近打造他的土猪养殖场，2007年进军广州开猪肉档卖猪肉。短短两年，就成为广东最大的猪肉连锁店。

这一次，他依靠的武器是分众销售，又称"精细化营销"。

陈生认为，猪肉是传统行业，市场空间大，但一直没有得到很好整合，机会很多。

这样，他率先推出绿色环保猪肉"壹号土猪"，细分消费群，针对学生、部队等不同人群提出不同的饲养要求，为部队定制的猪可肥一点，学生吃的可瘦一点……

陈生说，"卖猪肉比卖电脑还有技术含量"。即使是卖猪肉也要卖得和别人不一样。

国际著名直销传播专家薄朗思认为，精细化营销就是恰当地、贴切地对你的市场进行细分。

陈生认为，除了确保质量上乘、采用低价策略外，在经济增长放缓的今天，无数企业为了能更好地撬动市场，都在抓破脑袋思考各种各样的办法，一些企业正是成功运用精细化营销，取得了不错的成绩。比如国内家电零售企业巨头国美就一直站在消费者的角度上去考虑，采取"定制"的方法来满足不同顾客的不同需求。

陈生说，在中国，猪肉行业是一个传统行业，市场空间大，中国每年的猪肉消费约500亿公斤，按每公斤20元算，年销售额上万亿。但与其他行业相比，猪肉这个行业一直没有得到很好的整合，基本上没有形成像样的产业化，竞争不强，档次不高，机会很多。

在这样的背景下，他率先推出绿色环保猪肉"壹号土猪"，开始经营自己的品牌猪肉。

经过几年的打拼，陈生获得了巨大的成功，成为广东天地食品集团总裁、董事长，其资产和年销售额已达数亿元。

陈生成功后，并不否认读书对他起到的作用，他说，正是因为他在北京大学打下了坚实的基础，才为他后来的发财致富创造了条件。

中山大学创办创业网站

2001 年就读于广州中山大学的莫国勇,在大学时代就开始思考用网络来赚钱,2005 年大四毕业前正式创办火鹰信息科技有限公司并出任董事长。

可是,又有多少人知道,从绝对的网盲到大学生网络创富楷模,莫国勇有着怎样不平凡的创业经历。

莫国勇来自广东徐闻县农村,作为农民的儿子,他认为,贫穷是自己人生的一种财富。

如果谁有幸能够看到莫国勇学生时代的奖章的话,相信大多数的同龄人会自觉惭愧。莫国勇在学生时代,是罕见的能够在"德、智、体、美"全面发展的卓越学生。中学期间,莫国勇曾多次获全国书画大赛银、铜杯奖,他的书画作品曾被中国美术馆收藏,个人传记编入《世纪艺术家传略》。

高中毕业时,莫国勇被评为"广东省优秀学生",免试保送中山大学,并获 4 万元凯思奖学金。

2001 年,凭借着奖学金在中山大学进入计算机专业学习的莫国勇一开始完全是一个电脑盲,上大学后第一个国庆节,他买回了一台电脑。

最初,莫国勇几乎是从模仿着室友学会开机,每天,他回到宿舍就只是练习电脑的开机与关机,其他的什么也不会。

大二，莫国勇学会了电脑的基本操作。他开始思考：学计算机以后怎么赚钱？他发现平时上的网站中，看新闻下载软件、用邮件、申请QQ号码聊天发信息发文件都是免费的，网站的创办者却仍能赚取暴利。

这一年，他查了很多书籍，看了很多网站，写了一整本创业计划，可惜，按这个计划一个月只能赚50块钱。

大三，莫国勇从中大珠海校区搬回广州。当年年底，一个爆炸性新闻在同学间传开：网易创始人丁磊成为中国首富。这坚定了莫国勇从事网络开发运营事业的决心。

莫国勇的创业是从大三时得到的第一个项目开始的。大三那年寒假，天气特别冷，有一天，莫国勇以前的室友给他打电话，说中大数码文印中心要做个网站，问莫国勇有没有兴趣。

凭着信心，莫国勇立即接下了两个项目，但直到他接下项目那一刻，他仍不懂怎样做网站。

莫国勇在接受这个项目的第二秒钟就到图书馆借了16本网页设计的教材。

那个春节，莫国勇只回家两天，一个人在宿舍里学习怎么做网页，每天只睡4个小时，饿了就吃方便面；他从不生冻疮的双手，在经历了一个月寒冷气温的无情折磨后肿成了"包子"。

一个月后，莫国勇做成了他人生的第一个项目，拿到了 8000 块钱。

有了第一桶金，莫国勇开始和同学组建网络工作室开始创业之路，通过帮客户做技术开发服务，建网站赚钱。

2005 年初，莫国勇依靠天使投资注册成立了自己的网络公司，即火鹰科技。

也是从那时候起，每个月都能接到不少项目的莫国勇开始享受到创业带给他的回报，他陆续有了人生第一部手机、数码相机、笔记本电脑，还在校外租下了独立公寓，那时，他感觉自己似乎已经变成富人了。

但是，创业的道路并非一帆风顺，很多人遭遇挫折后倒下，很多人倒下后又爬起来继续前行。莫国勇的经历也许能反映一个创业者成熟的过程。

第一次创业给莫国勇出的难题可谓不少。因为公司的运营成本过高，他每个月都必须承担一万多块钱的支出，加上对做业务毫无经验，业务数量不多，完成质量不高。半年以后，火鹰科技生意陷入低谷，亏损了 10 多万元，莫国勇身无分文，成了"光杆司令"。

这时，莫国勇除了自己的名片、公司的网站、笔记本电脑还在，几乎一无所有。

在此后的 4 个月时间里，莫国勇背着电脑在外流浪。因为没地方住，他在中大北门珠江边的草地上坐了一个通宵。

这天晚上，莫国勇深深思考自己的未来，自己为何会失败？该如何才能东山再起？他想起了家人、朋友、老师、同学，以及亲爱的母校，他还想起了在自己创业初期所有支持自己的兄弟们。他觉得，自己不能就这样倒下，他要坚持！

经历痛苦煎熬之后，莫国勇以坚定的信念寻找公司"重生"机会，从零开始了他第二次创业之路。

重整旗鼓的莫国勇总结经验，自己开始做起了业务员，出去跑业务，花钱去读高层管理培训班……慢慢地，客户开始增多，并对火鹰科技所做的项目表示认可。莫国勇的公司开始在业内闯出名堂。

随后，火鹰科技的运营开始进入正轨，社会对它的关注度迅速提升。

2006年，莫国勇创办了广东大学生创业网，是广东排名第一的大学生创业综合服务平台。

一年后，他又创办了《80后网络创富机器》的课程。这门课程整合了众多网络创富高手的成功经验，旨在指导大学生在当前较差的就业环境中寻找出路。

"年轻人仍然有足够的时间、资本去拼搏，失败了也没关系，关键是要做好接受失败的准备。有统计称创业者至少会经历两次破产才能取得成功，如果你已经破产第一次，恭喜你，再经历一次破产你就能成功了！"

在总结自己创业路上所具有的优势时，莫国勇说："从心态上，我有决心和勇气，而从能力、资源和背景来看，我的优势几乎为零。"

复旦学子发明网络游戏

上海复旦大学经济系毕业生陈天桥,凭借《传奇》游戏,在中国网络游戏市场上演绎了自己人生的传奇。

1973年,陈天桥出生于浙江新昌县澄潭镇一个叫东坑坪的小山村。出生的时候,爷爷奶奶觉得这个大胖小子有出息,加之陈天桥的父母在当时已经离开了山村,在城里工作,于是给他取名天桥,意为陈家登天的桥梁。

陈天桥的父母都是知识分子,父亲是上海导航仪器厂的工程师,母亲是新昌城关中学的英语教师。在东坑坪生活了不久,母亲就把陈天桥接到城关镇上幼儿园。陈天桥离开东坑坪小村,在新昌大佛寺脚下度过了童年。

1990年,18岁的陈天桥考入上海复旦大学经济系。性格外向、活泼开朗的陈天桥不仅是学习尖子,也是社会活动的热心分子,他的组织能力、活动能力得到了校内外的公认。不久,陈天桥成了"复旦大学1990届经济系的传奇人物"。

大学一年级,陈天桥埋头读书,全系成绩排第一名;大二,陈天桥被上海市教委和团市委评为"上海市优秀学生干部标兵";大三,21岁的陈天桥就修满了学分,以上海市唯一的"优秀学生干部标兵"称号从复旦大学经济系提前一年毕业,这在复旦历史上也是罕见的。踏入社会的陈天桥进入了上海陆家嘴集团。

从子公司的副总经理开始，直到晋升为集团董事长兼总裁王安德的秘书，在四年时间，陈天桥自称学会了三件事：一件是好事，一件是坏事，还有一件"不好也不坏"。

好事是年轻的陈天桥学会传统行业的企业家独立、务实的管理风格。陈天桥没有留洋或者海外求学的经历，但他觉得自己比海归派更熟悉中国国情和地区市场，而与本土成长的经理人相比，自己的个性更加独立，更加讲求冒险和创新。

不好不坏的事是陈天桥比一般人更早接触到互联网。1994年，在陆家嘴集团里，在大多数中国人还不知互联网和电子邮件为何物时，总裁办公室里就已能24小时上网。老总不在的时候，陈天桥就喜欢在互联网上混。

人在网上飘，学会玩游戏是早晚的事情。"玩网络游戏"一开始是件坏事。陈天桥太喜欢游戏了。仅靠办公室偷玩一下实在不过瘾，他干脆买台电脑回家。每到周末，他必玩得个天昏地暗。

这还不够，每逢节假日，他必定呼朋唤友，来家里一起"操练"。通宵达旦、挑灯夜战是家常便饭。

1998年，组织上要安排王安德去浦东新区做分管经济的副区长。王安德对陈天桥许诺，如果他选择投身仕途，他有可能成为全上海最年轻有为的区长秘书，前途不可限量。

但陈天桥婉言谢绝了："谢谢您，但那不是我的理想。"

离开陆家嘴，陈天桥来到一家证券公司，担任总裁办公室主任。待在证券公司的这一年多的时间，对于陈天桥来讲是相当重要的一年。

跳出国营单位的陈天桥明白了自己的事业要靠自己去打拼。在证券公司工作，面对滚滚财富，他暗暗下定了自己创业的决心。

在证券公司期间，陈天桥碰到了一位聪明能干的女性，这就是他后来的妻子，现在是盛大公司副总裁——雒芊芊。认识雒芊芊并暗恋了4个月后，陈天桥开始大胆进攻。"1999年7月跟芊芊开始恋爱的，9月我们就结了婚。""在证券公司，最大的收益就是'骗'到手一个老婆。"开心的时候，陈天桥会这样说。

在证券公司娶了老婆，又在股票市场上挣了一些钱，这时候陈天桥有两种选择，一是与太太雒芊芊一起出国；另外就是在国内找个稳定的工作，过小日子。但陈天桥做了第三种选择，自己创业。

1999年是资本疯狂涌向互联网的一个年份。当时的互联网模式就是建立一家网站，然后去赢取风险投资。陈天桥的弟弟陈大年当时在一家网络公司工作。陈氏兄弟一个熟悉互联网，一个熟悉资本市场，就想到了创建网站。

陈天桥的直觉告诉他，互联网是非常有前途的。但以往的工作经验让他觉得，一个公司要赢利需要的是资金流和物流，而物流是比资金流更难解决的问题，也就是说电话线不能代替物流与配送，只有数码娱乐产品比如卡通、游戏才可以通过电话线来传输。

陈天桥找到了创业的方向。

1999年11月，陈天桥听说中华网在寻找可投资的小网站，他认为机会来了。经过物色，他选中了当时由复旦的几个学生为主建立的一个社区，这个社区当时已经有不少人气。陈天桥将自己的想法讲给他们，让他们将这个社区改得更加吸引人，而他则去联系中华网。

谈妥之后，26岁的陈天桥与弟弟陈大年在上海浦东新区科学院专家楼里的一套三室一厅的屋子里注册了一个资本为50万元的盛大网络发展有限公司，招了20多个人，开始运作。

公司成立的初衷并不是要成为大型的门户网站，而是想另辟蹊径，成为中国最大的图形化虚拟社区。

这个社区建设在当时很有特色，不但有白天、黑夜之分，而且每一个社区中的用户都不能不劳而获，饿了就需要种地，然后再把收获的东西做成食品卖钱，而只有拥有钱才能在社区内生存。

这实际上就是一种类似于网络游戏的互动社区。这种思路是那时的许多网站所共有的，大家就是在比，看谁先能最快找到投资。

靠着在证券公司和政府机构工作时建立起来的人际

关系，陈天桥受到了急于在国内投资的中华网的青睐。

1999年12月，中华网CEO叶克勇与陈天桥见面后临上飞机前对手下说："我同意了，你带上签好的合同回来见我。"

于是，陈天桥在2000年1月拿到了中华网300万美元的投资，中华网得到的是相当于它总浏览量30%的业务回报。

投资拿到了，但中华网认为，仅凭虚拟社区还不足以带来更高的浏览量，因此他们要求盛大改变经营方向。

面对投资方的意愿，陈天桥很迷茫，最后提出做动画网站，这样既可以带来投资方所需要的浏览量，又不会离网络游戏社区很遥远。

利用中华网的投资资金，盛大购买了黑猫警长的版权，还办起了多期的卡通杂志，并陆续拿到为奥迪、飘柔等大牌厂商做网上动画广告的单子，此时的盛大一个月能有10多万的收入。

2000年底，互联网的冬天随着冬季的到来同时降临，一个个互联网公司陆续陷入低潮。

面对盛大网络进入迷茫而无序的发展状态，在总结了自己失败的原因之后，陈天桥开始寻求改变。

2001年开春，韩国游戏开发商到上海来寻找合作伙伴，准备推广自己开发的网络游戏"传奇"。开发商最先找到上海市动画协会，动画协会也不知道网络游戏是做什么的，于是把韩国厂商推荐给了陈天桥。

陈天桥拿到游戏，自己先动手玩玩。按照默认设置，他连接到韩国服务器上，可他看不懂韩文。他又连接到《传奇》意大利服务器，玩起了英文版。尽管网速很慢，并且陈天桥还认为"传奇"包装很差劲，但还是觉得其内核相当不错。玩到后来，陈天桥欲罢不能了。

随后，陈天桥给中华网写了厚厚一叠项目建议书，他希望中华网能拿出投资金100万美金来做《传奇》。他告诉中华网的投资方说这是一个非常好的商业领域，他认为到年底公司不但能赚钱而且能赚大钱。

但是，中华网的投资方却觉得陈天桥是在讲一个神话，最终，中华网将投资金撤出，并按股份留给陈天桥30万美元。

2001年7月14日，盛大和《传奇》海外版权持有商株式会社ActozSoft软件公司（简称Actoz）以每年30万美元的价格签约。陈天桥将剩余的30万美元全部投进了Actoz的口袋。

合同签完后，盛大就没钱了，但游戏运营才刚开始，光服务器跟网络带宽就需要一大笔钱，形势十分危险。

但是，陈天桥并没有被吓倒，他决定裁员，首先把已经拥有规模50人的公司裁成20人，最早的那批人全部留下来，但却只能拿到8成的工资。

为了解决硬件设施问题，陈天桥亲自拿着与韩国方面签订的合约，找到浪潮、戴尔，告诉他们自己要运作韩国人的游戏，申请试用机器两个月。

幸运的是，浪潮、戴尔等公司一看是国际正规合同，是潜在大客户，就立即同意了陈天桥的要求。

用同样的方式，陈天桥拿着服务器的合约，找到中国电信谈。中国电信最终给了盛大两个月测试期免费的带宽试用。

有了韩方的合同，再加上服务器厂家和中国电信的支持，陈天桥又取得了当时国内首屈一指的单机游戏分销商上海育碧的信任，代销盛大游戏点卡，分成33%。

2001年9月28日，《传奇》开始公测，两个月后正式收费，不久在线人数迅速突破40万大关，全国点卡集体告罄，资金迅速回笼。于是，在盛大和Actoz签约仅仅4个月后，盛大以其快节奏复活了，陈天桥的财富传奇也就这样开始了。

突然积聚的财富让陈天桥有一步登天、失去重心的感觉。

随着盛大的复活，其员工也从裁员前的20人迅速发展到100人左右，同时，《传奇》每天收入突破100万元。

至2002年，盛大收入和净利润达到惊人的3.26亿元和1.39亿元。

2002年下半年，盛大自己的游戏《传奇世界》进入了紧锣密鼓的研发阶段，但却由于韩国Actoz的源代码泄漏，在网络上放出风来，称《传奇世界》涉嫌抄袭。

官司打了一年左右，这中间，盛大的研发团队拼命赶工研发《传奇世界》，都觉得如果不能在2003年9月

28 日之前把《传奇世界》做成成功的产品，盛大公司将会遭到灭顶之灾。

但等到 7 月份，盛大研发团队将《传奇世界》的软件架构与韩国 Actoz 产品作比较后，才发现两家的东西完全不一样。

《传奇》为盛大积累了资源、经验和 4000 万美元的投资，以及上市融得的数亿美元资本，让盛大加快了收购兼并的速度。为了消灭未来可能与盛大竞争的网络游戏对手，陈天桥在日本注资了网游公司 Bothtec，又在美国收购核心游戏引擎研发公司 Zona。

紧接着，盛大又把目光转向了国内的同行企业，收购休闲游戏提供商"边锋"、电子竞技对战平台"浩方"，以及收购手机平台游戏的领先者"数位红"。这一连串的资本运作，既完善了盛大自身的产业格局，又使陈天桥的互动娱乐帝国，开始变得全面和立体。

2003 年，盛大收入和净利润则较上年翻了近一倍，分别达 6.33 亿元和 2.73 亿元。

2004 年 5 月 13 日，盛大在纳斯达克上市。

此时并非新股上市的好时机，中国概念股遭遇寒流，陈天桥在上市前夕的 24 小时之内备受煎熬，他反复权衡之后，作出决定，并电话通知美国的上市团队："下调发行价，将每股 13 美元下调到 11 美元，同时并减小 50% 的上市规模。"

陈天桥这样做，使公司一下子损失掉 2000 万美金。

但精明的陈天桥却有他自己的打算。他认为，公司上市以后以盛大每个季度百分之二十几的增长率，肯定很快就可以获得投资者的认可，盛大就可以通过再融资获得资金。

同年10月，果然不出陈天桥所料，盛大网络的股价大幅上涨，陈天桥所持股票市值达到了约11.1亿美元，超过网易创始人丁磊，成为新任中国首富。

短短5年的创业时间里，他的财富飙升了1.8万倍！

10月8日下午，陈天桥打电话给证券交易公司高盛集团，要他们一个礼拜之内，把可转债完成。

高盛回答说世界上没有过一个礼拜完成转债的。

陈天桥说如果不能完成，自己以后就不再和他们合作了，结果，在短短的一个星期内，高盛真的为盛大完成了转债。

一个月之内，陈天桥把转债的钱用在了对上游内容商的控股上面。2004年，盛大的扩张步伐进一步加快，创下了两个月内完成6次资本运作的纪录。

陈天桥擅变也敢于冒险，在高速增长且竞争激烈的网络游戏市场里，他总是不断地在推动及领导着盛大公司的变革。从实验网络游戏的点卡收费模式，到成为中小型游戏公司的猎手，盛大已经完成了在商业模式、公司战略、企业文化、内部管理上的变革，这些在顺境中的变革也让盛大处在了行业领先的位置。

在最初的变革中，陈天桥是激进的。在公司战略上，陈天桥提出了家庭数字娱乐战略，但在具体的战略实施中，陈天桥大胆规划了一个符合未来发展逻辑，但又不合时宜的产品，那就是联结电视与互联网且集合众多娱乐内容的"盛大盒子"。在研发这个产品的 2005 年，给盛大带来主要收入的几款游戏虽然也都在增长，但是也在步入衰退期。

2005 年第四季度，盛大亏损了近 5 亿元人民币。2005 年年底，陈天桥及时地调整了变革策略，采取了渐进式的商业模式变革来应对网络游戏行业的兴衰周期。

到 2009 年 8 月，盛大公司平均有 40 万人在线玩游戏，现在中国电信规定网吧的每小时接入费是 2 到 4 元，上海要 6 元，40 万用户每小时要给中国电信贡献 80 到 160 万元的收入，而盛大公司每天是 2000 万到 4000 万元的收入，一年则有 100 亿左右的进账。

经过几年大起大落，被誉为偶像派企业家的陈天桥已经变得成熟。

川大学生赚取上亿财富

2007年，因为将自己一手创立的成都锦天科技发展有限公司卖给盛大网络，年轻的彭海涛不仅一下子坐拥上亿的财富，更是成为"80后"创业成功的又一典范。

7月5日，盛大宣布收购成都锦天科技发展有限公司，此次交易，盛大花费上亿元，且全部是现金收购，拥有绝大部分股份的彭海涛自然就成了亿万富豪。

这个曾被媒体比喻为中国的比尔·盖茨的男孩，瞬间吸聚世人兴奋的眼球。

事实上，网络游戏与彭海涛从小就结下了缘。

从小学三四年级起，彭海涛就开始玩黑白机。稍大一些，他在网吧里和韩国游戏高手对练，除了睡觉8个小时，他可以守在电脑前不挪动一步。

2002年，他在成都一次游戏大赛中获得了"疯狂坦克"的第一名，同时获得了8000元奖金。当时的彭海涛，在同学眼里已经是一个"性格坚毅、极富才华、前途不可限量之人"。

游戏玩多了，许多游戏中的缺陷让他感到不满，最后，他干脆自己尝试着制作游戏。在川大网络学院就读的一年时间，彭海涛自己设计了两三款休闲小游戏，受到许多业界朋友的赞赏。

此时，盛大的网络游戏《传奇2》开始用中国做网络、做IT的人从未见过的速度赚钱，彭海涛坐不住了，再也不想上学了，他跟做房地产的父亲说："我要开公司，做游戏，赚大钱。"

彭海涛的父亲彭国权是有钱的，他是中英合资成都国权锦城房地产开发有限公司董事长，他在北京也有生意，是北京国权锦城房地产开发有限公司董事长。

也许是因为生在这样一个家庭，彭海涛对财富的嗅觉要来得更敏锐一些。大部分像他那个年龄的人，能想到的只是怎么样在游戏里面称王称霸。

彭国权很快拿出100万元给这个聪明的，从小爱玩游戏机，却没耽误在中学拿到物理竞赛三等奖的儿子。

有了资金，彭海涛便拉来了3名国内顶级技术精英、成都"金点工作室"的汪疆和贾涛，以及南充的赵志明，形成了最初的4人团队。这一年，彭海涛仅仅19岁。

值得一提的是，这个团队组成后，彭海涛做的第一件事情竟然是把公司的一部分股份分让给几个创业伙伴，并放弃总经理职位，聘请职业经理人团队来担任。这种才刚刚兴起的现代企业运作机制，让做了20多年董事长的父亲也惊讶不已："他的经营理念比我先进。"

随后，团队的全体成员开始专心做游戏开发，并成功制作出了 highway 高速全 3D 实时网络游戏引擎。

2003年9月，锦天科技发展有限公司成立，彭海涛统领着80名员工，入驻成都高新孵化园，享受一路上的政策绿灯。

成都，这个西南最重要的城市之一，很早就将发展网络游戏产业作为经济规划的一部分。这时，成都又是拥有4个国家动漫游戏产业振兴基地之一。

但彭海涛并不认为自己处于企业发展的温室之中。创业路上，他遭遇过黑客的攻击，被人举报偷漏税，但彭海涛还是如游戏里的大侠，在危机丛生的环境里腾挪跌宕，见妖捉妖，遇魔降魔，一路打到了通关。

彭海涛是幸运的。2005年5月，号称中国第一款自主研发的3D网游《传说Online》诞生了。凭借这款游戏特殊的意义，彭海涛和锦天科技获得了各种荣誉，尽管这些并未在行业之外形成影响。

两个月后，《传说Online》游戏的全国总经销权被国内著名的游戏代理商北京晶合时代软件技术有限公司以高达2000万元的价格买断。

11月，《传说》成为获得国家文化部批准的"国家动漫游戏产业振兴基地"首推的第一款本土游戏。此后，锦天科技主要运营《风云》和《传说》。

其中，《风云》自2006年12月开始商业化运营后迅速取得成功，其注册用户数已经超过600万，2007年第二季度该游戏的活跃用户数也达到接近150万的数字。正是由于《风云》《传说》的成功，锦天科技被盛大看上，才于2007年7月5日被盛大宣布收购。

锦天与盛大的接触始于2007年4月份。

当时，盛大投资部朱海发带着一个同事来找彭海涛，他们聊了一下，当时只是谈合作。

虽然当时双方的初衷只是合作，但是随着接触的次数多了，合作的谈判内容不知不觉就变成投资了。

后来盛大提出，在给彭海涛保留研发空间的前提下，要全面收购锦天，并负责锦天的运营，这个想法和彭海涛当时的想法非常一致，所以他们很快达成了默契。

彭海涛的愿望就是开发游戏，把运营交给盛大负责，他就可以卸下一个本来不擅长的担子。

彭海涛后来表示，之所以直接选择出售，而没有找风险投资的方式来将公司做大，是因为他只想专注在研发上，而公司日常的运营管理让他"很头大"。

彭海涛认为，让更多的人来玩自己做的游戏，是所有游戏开发人员的一个共同愿望，他也不例外。而盛大本身已经形成了一个强大的运营平台，好的游戏可以通过盛大的平台发挥最大的能量，盛大在运营方面的优势正好可以跟他互补。

锦天科技被盛大收购，彭海涛自此成为中国最年轻的亿万富翁之一，而锦天科技也从此跃上了一个新的发展平台，迎来了新一轮的发展机遇。

人大学生办网站卖盒饭

2008年7月，学市场营销的叶路春从中国人民大学毕业后，放弃了在一家公司做培训主管的工作，却和同学合伙办网站卖起了盒饭。

8月3日11时，同往常一样，叶路春将盒饭整齐地码放在保温箱里，然后和同伴将保温箱捆上三轮车，奔向人大附近的写字楼，他们必须抢在12时前将200多份盒饭送给食客。

这条小路满是泥泞，坑坑洼洼，与不远处北京西北三环路的平坦、整洁对比鲜明。

每天8时30分左右，24岁的叶路春都会骑着他那辆锈迹斑斑、已经没有链条盒的自行车穿过小路，来到一片嘈杂的农贸市场。买完菜后，又蹬着自行车回来，走进由两间平房组成的厨房，开始一整天做盒饭的工作。

2007年夏天，走出大学校门的叶路春经历很多次面试后，被北京的中外企业人力资源协会录用，试用期工资每月3000元，试用3个月。

对于刚毕业的大学生来说，能进入这个外国驻华使馆和世界500强公司在华机构云集的区域当白领，是很值得羡慕的。但叶路春却毫不犹豫地放弃了这份工作，回到了他熟悉的中国人民大学校园，开始了独自闯荡京城的谋生创业之路。

就这样从卖盒饭开始，叶路春一步一步变成了宜客公司 CEO。

叶路春的创业之路开始在他大学三年级时，那些日子，他和一些同学尝试"学以致用"，在学校里卖水果、夜宵，销售新生入学时需要购置的物品，经营学生的各种二手用品。

当时，挣到的钱虽然只够叶路春和同学们唱几次歌、吃几顿饭，却锻炼了他的经商能力，还给他留下一个域名为"宜客"的网站。

这个名称是他和同学们翻了 3 天辞典，从上百个词中挑出来的，因为"宜"有"便宜、适宜、方便"等多层意思，会让顾客感到亲切。

不久，叶路春的同班同学赵舜也放弃了父母在广东为他找好的工作，和叶路春一起经营盒饭。他俩与一家小餐馆的老板合作，来到才开发商品住宅的巴沟村，租下两间平房，建起了他们的盒饭厨房。

"为什么放着白领工作不干，非要选择一条前途莫测的艰辛之路？"

几个月来，叶路春无数次面对这个问题。他的回答很简单："我刚上了几天班，就发现这不是我想做的工作和想要的生活。"

他坦承，作出这样的决定，自己是经过思想斗争的，"但肯定是深思熟虑的、冷静的选择。我想走一条自己喜欢的，并且愿意为之付出一切的路"。

由于他义无反顾地坚持，他远在重庆的家人也不得不尊重了他的选择。

但是，任何创业都是不容易的，叶路春对此似乎有着充分的思想准备：

"肯定是要吃苦的。但我会学到更多东西，能力也会得到更大锻炼，也有可能挣到更多的钱。"

宜客网以全新面貌重新开张，它的经营者不再是课余尝试营销的在校大学生，而是创事业的两个男子汉。

他们首先要扩大盒饭业务，要有一定的收入来养活自己，还要积累资金。

重新设计的宜客网内容仍然简单，但菜谱、图片、价格、订餐时间清清楚楚，尤为醒目的是订餐方式，打手机或通过 MSN、QQ、网络都可以。

对公司白领，他们主要提供午餐；而大学生晚饭吃得早，他们提供夜宵，每天22时开始送。

学市场营销的叶路春常常告诫自己："市场是每个创业者的上级。"

为了迅速开辟市场，扩大宜客的知名度，叶路春背着广告彩页走进中关村一些写字楼，挨个楼层发放。

同时，他还常在午饭时间到写字楼门口"蹲守"，只要看到有人拎着盒饭走进写字楼，他就跟随其后记下送进盒饭的房间号，另找时间去推介他的宜客盒饭。

这样的推销让他遭遇了不少白眼，有时举着广告彩页还没开口他就被轰了出来。

对此,叶路春却很坦然,他理解人家的不耐烦,但自己又确实是没别的办法,只能用这种最原始的方法让人家知道自己的品牌宜客,再用自己盒饭的质量和价格去和别人竞争。

叶路春的辛勤和执着换来了客户认可,他们每天的订单都在持续增加,顾客回头率也多了起来。

尽管从早到晚忙个不停,叶路春仍坚持写网络日志,把自己创业路上的点点滴滴记录下来。

最让他兴奋的是,在追踪客户的过程中,顾客给了他们很高的评价:

你们这里的东西特别精致!

你们的东西的确可口,尤其喜欢你们的粥。

我会把宜客快餐推荐给我的同事的。

很快,宜客的经营范围从大学校园拓展到了校外。3个月后,叶路春的盒饭打入了第一栋写字楼。

不久,他们承接了单日订餐额过万的最大的一笔订单:为央视二套现场直播的北京奥组委主办的制服发布会提供餐饮服务。

一时间,宜客产品的质量和供餐速度均获得客户的高度认可。

半年后,宜客盒饭在4所大学和3个写字楼里有了稳定的客户群，每天都要送出400到500份。

叶路春并不满足于这样的成果，他和赵舜仍在尝试各种营销方法。在MSN或QQ上同顾客聊天，是他们每天必不可少的工作，"套近乎"扩大稳定了顾客群，又了解到顾客需求，新的盒饭品种随之不断推出。

宜客网站上，色彩诱人的盒饭图片已达二三十种，价格最便宜的特色焖面，仅3.50元一份，而最贵的鸡肉卷套餐、芹菜香干炒肉盖浇饭等，不过10元钱一份。

创业之路起步于小小的盒饭，叶路春的人生抱负却远远不止盒饭。

他说："中国改革开放30年来，曾经有过3次波澜壮阔的创业浪潮，前两波创业潮都和改革开放的总设计师邓小平有关，他两次视察南方，分别触发了1984年、1992年国内的'下海热'。1984年甚至被称为'中国公司元年'，那一年王石、张瑞敏、柳传志等下海创业，成就了今天万科、海尔、联想这3个中国的标杆性企业。到了1999年，互联网迅猛发展，触发了中国的第三次创业浪潮，并且一直延续到今天。"

南开在校生荣登富豪榜

2009年春,中国校友会网和《21世纪人才报》首次联合发布了"2009中国大学生创业富豪榜",其中,南开大学的博士生宋洪海和大三学生薛开发分别以第十六位和第一百位名列榜单。

宋洪海出生于1976年,2003年以10万资金创业,短短几年间,就让他的炜杰科技有限公司达到资产3000万元。从本科到读博,一直都是南开学子的宋洪海,在校期间始终是名列前茅的好学生。

念本科生和研究生时,宋洪海一直在为企业做项目,在为企业赚取丰厚的利润时,他得到的报酬微乎其微。

2003年,在南开元素有机化学研究所读博的宋洪海和妻子、弟弟、朋友用打工积攒的10万元启动资金,在南开科技园注册了一家公司,即炜杰科技。

利用多年的知识积累,主要从事医药原料药和中间体的技术研发工作的炜杰科技发展迅速,扩展为一家总公司和三家子公司。炜杰科技就在离南开不远的白堤路上,宋洪海的团队也几乎都是毕业于南开大学的学生。

宋洪海说:"我是从南开毕业的,我相信大学生们能用自己的智慧创造财富。"

宋洪海说,很多人都在问他创业的秘密,其实创业并不复杂，大学生创业必须要有创新的思维和创新项目，他的白手起家就是靠两个全球垄断的项目。拥有技术上的优势和果敢的判断永远是创业的根基。

短短 4 年的时间，靠 10 万元起家创业。2009 年，他已经是一个拥有 4 家分公司的企业董事长，资产达到数千万。

谈及创业经验，他说的话简单却耐人寻味："首先要给自己找准定位，然后放开手大胆去做，不要怕失败。当然，还是要做好规划，有目标地发展。"

"我相信一句话，年轻没有什么不可以，即使输了，也可以从头再来。"说这番话的时候，年近 31 岁的他，朴实的眼神中透出自信与坚毅。

很多见过宋洪海的人，都不会将他和一位创办了 4 家分公司，在国内外同行中都颇受称赞的董事长联系在一起。

他给人的印象仍然是一名大学生：戴着眼镜、穿着牛仔裤，满身书卷气，朴实中透着沉稳与睿智。然而谈到当初放弃出国留学和企业高薪聘请而选择自主创业时，宋洪海微笑着说："这完全是一个偶然。"

宋洪海 1994 年考入南开大学化学系，1998 年本科毕业进入南开元素所读研究生，2001 年又被保送直读博士，尽管成绩优秀，但宋洪海说自己并不是一个安分的人。

"读研究生期间，我跟着导师做项目，有时做一个实验可以有 100 元的收入，我那时候赚钱就赚上瘾了。因为家在山东农村，经济条件不是特别好，所以我就靠这些钱先解决自己的温饱问题，再哄女朋友开心，剩下的留给同在天津读书的弟弟做零用钱。后来，钱挣多了，我就攒起来。"

正是读书期间的这些实践，让宋洪海有了"为何不自己开公司，自己做老板"的念头，但当时因为对创办公司的运作流程一无所知，这种想法变成稍开即谢的昙花。

一个偶然的机会，宋学海结识了一位师长，从他那里了解到创办公司并不像想象中那么复杂。随即，宋学海作出了一个令他的人生轨迹完全改变的决定。

宋洪海以及他的团队清醒地意识到，中国的医药企业在产品技术研发等方面有很多自身的优势，比如较低的成本、优秀的人才等等。但是面对国际竞争对手，国内的制药企业要在短时间内取得突破性的进展，新药创新显得尤为重要。

炜杰公司牢牢地抓住"创新"这个法宝，利用扎实的研发实力和杰出的创新精神以及强大的发展潜力，吸引到了许多与国际跨国公司合作的机会。

在炜杰合作名单里，有很多国际知名跨国公司，如1988年进入中国市场的美国凯华股份有限公司、号称"美国第一大化学公司"的DOW公司、欧洲第一大采购集团阿婆鸥鹅公司以及世界制药巨头丹麦灵北制药公司。在与他们合作中，宋洪海要求自己以及公司员工首先要做到的就是诚信，"因为诚信才是经营者的生命线"。

公司里有一支很特别的队伍，叫"督导组"，专门负责搜集公司正在进行的各项目的进展情况，随时与客户联系、沟通。如果一旦发现拖延，则立即告知客户，由他们来决定是继续进行还是放弃。

"这样既能够赢得客户的信任，又能使员工在做项目时摒弃拖沓思想，最主要的是能够与客户及时交流，一举而三得。"宋洪海微笑道。

2004年初，炜杰科技公司麾下的第一家子公司——山东鑫北医药化工有限公司在山东淄博开始建设。

2004年3月，公司完成第一次扩资，注册资金由起初的10万元增加到125万元，同时，经营场所和人员都进行了扩充。

同年6月，公司第二次扩资，注册资金增加到205万元。

7月，美国凯华公司与炜杰共同出资成立了天津炜杰凯华科技有限公司，炜杰控股55%，人员、场地规模均与炜杰相同。

2005年4月，山东鑫北医药化工有限公司土建工作基本完成并开始试车，标志着炜杰正在从一个研发型企业向生产型企业转变。

谈到创业过程中遇到的困难，宋洪海毫不讳言："至今我们还没有遇到过资金、政策等方面的大的挫折，遇到的最大难题就是项目进展不顺利。但是，尽管一时做不出来，但实验的途径多种多样，终归是能够做成功的。"

要学会承受压力，更要学会释放压力。

这是宋洪海经历了数次"难题"之后总结出来的宝贵经验。

公司初创时期，他与合作伙伴们基本上都是整天"泡"在办公室、实验室，真正以公司为家。

有时，遇到难做的项目，他与李岩往往是通宵达旦地"窝"在实验室。如果总是不顺利，他就会拉上李岩去酒吧，喝酒聊天休息一会儿再回实验室，倒头大睡3个小时后再起床继续实验。有时，灵感就会在大脑"休息"的时候不期而至。

相对于男员工略带"豪放"的饮酒，工作压力同样大的女性员工释放压力的方式则更"文雅"一些，那就是去唱歌。

"公司的储藏室里备有几十箱啤酒，同时也有附近几家大型娱乐场所的会员卡，随时准备为员工们'减压'。"宋洪海介绍说。

公司全体员工的平均年龄不到30岁，员工的年龄结构以及经营者的理念共同决定了公司的氛围：青春，有朝气，而且融洽。用宋洪海的话来说就是："只有分工不同，没有职位高低。"

有一个周末，宋洪海召集核心团队开会，研究探讨公司的发展问题，结果，"那个会开了整整一天，演变成一个专门批判我的批斗会"，提到此事宋洪海有些哭笑不得，"不过，这也从一个侧面反映了公司民主而宽松的人文环境"。

宋洪海团队的最大特色，就是几乎所有的成员都是南开大学毕业生。

"南开大学化学学科很厉害，培养出来的学生不仅知识水平高，而且实践能力强，并且很有自己的思想。把这些优秀的人召集起来一起做一些事情，也算是报答母校的培育之情吧。"

为了更方便地与母校联系，同时也是为了"照顾"刚刚离开校门的师弟师妹，宋洪海特意把公司地址选在了离学校很近的白堤路上。

宋洪海现在最想做的事情就是回到大学宿舍住一段时间，闲时可以跟室友打牌、聊天，凌晨两点再一起熄灯睡觉，早晨匆匆起床去化学楼上课，下了课拿着饭盒到食堂一起排队打饭……回想起这些在南开的时光，宋洪海的眼里有隐隐的泪光在闪动。

"2009中国大学生创业富豪榜"排行100位的薛开发，是南开大学艺术设计系大三在校生。

通常来说，大学生创业大都是为了勤工俭学，而南大这名大三的学生薛开发却有更高的"追求"，他要通过自己创办的DM刊，"消灭"影响校园环境的小广告。

笔挺的西装，漂亮的领带，锃亮的皮鞋，一身"老板行头"的薛开发还有一个身份就是津媒文化传播公司总经理，他创办的公司位于南开大学西南村一套单元房内。

公司里，仅能容下一台电脑，一个填满广告、营销方面书籍的书柜以及薛开发与合伙人的两张床。公司的墙壁上随处可以看到各地报纸刊发过的精彩广告页。

这些广告页报纸是薛开发特意留下来的，他认为自己可以通过这些创意或精美版式，随时"取经"，或者将来"移植"到自己的刊物上。

薛开发从大一开始，就打算"开发"创业，但真正走上创业路还是在2008年。

那时，他总看到有的同学在宿舍楼发传单广告，销售自己闲置的生活用品或书籍。他觉得，如果自己面向大学宿舍发行一个"广告专辑"，就可以整合同学之间的信息资源，也可以将外面的广告引进来，为他带来利润。

2008年暑期过后，薛开发和同学顺利注册了工商执照，开始筹划首期DM刊，即直接邮寄广告的英文缩写。

在薛开发的公司里，有几位骨干力量，一位是毕业于山西大学历史专业的陈文超，他担任市场总监，负责联系广告业务；另一位是南开大学人力资源管理专业大一学生窦善领，负责兼职网站开发；还有一位是天津对外经济贸易学院商务管理系旅游专业大一学生孔祥辉，他是天津区域经理兼行政总监，负责河西区各大学整体业务；同时还有毕业于天津师范大学经济法专业的杨仁龙，主要担任团购事业部经理，负责实体业务和活动推广。

薛开发打算将刊物制作成免费向同学发放的广告载体，同时为同学们提供刊登二手物品交易信息的平台。

刚开始，由于影响力小，薛开发的第一期 DM 刊，只拉来少得可怜的广告，公司刚起步就出现了财政赤字。

不过，由于他创办的《津媒校园》这套 DM 刊发行量达两万份，而且刊物可以发送到天津大学、南开大学、医科大学等高校宿舍内，这样，便很快吸引了校园周边商户的兴趣。

慢慢地，开始有商户主动联系薛开发，公司的经济状况开始有所好转，他也因此能够"招兵买马"，雇用各高校的大学生作为广告员、传单发送员，扩大市场影响。

后来，随着市场调研的深入，《津媒校园》内容充实了不少。现在已经成为集休闲、娱乐、励志、求职、购物于一体的综合性、实用性刊物。每两周出一期，到寒暑假会停刊，做下一学期活动策划，并利用放假时间和厂家谈实体合作。

薛开发有自己的办刊想法，每到升学、考试、就业高峰时，他会在上面发布关于二手书籍转让、生活用品转让等方面的信息，让广大学生读者享受实惠。

至 2009 年初，《津媒校园》刊发 20 万份，薛开发的公司盈利达 4 万元。

此时，他不仅积累了校园周边旅店、饭馆、数码城、书店、眼镜店等与校园生活相关的固定广告客户，也有了固定的读者群，更有资本在校园周围租下新的"办公室"。

薛开发的公司有一套独特的生意经，就是整合一切可以利用的资源为我所用。他们就是看准了高校这个广阔的市场，有了准确的定位，接下来就是大干一场了。

大学生求职一直是一个受到广泛关注的问题。薛开发的公司看到了这个市场。他们在做《津媒校园》报刊的同时，又开发了专门针对大学生兼职的网站。

公司的网络工程师窦善领说："网站专门为在校大学生提供免费的兼职服务、企业注册用工信息，大学生可以在上面注册找兼职。现在有很多招聘网站，他们做得非常专业，面向所有应聘求职人员。而我们的网站主要定位在给在校大学生介绍兼职工作。因为在校大学生是一个非常庞大的群体，他们对于兼职工作的需求量也大。我们做兼职网也是在进行差异化经营。"

另外，薛开发他们还创办了一个大学生创业协会，创建了行业动态数据库、会员兼职数据库和大学生职业生涯规划数据库，为大学生创业及今后找工作提供帮助。

薛开发的团队个个都是精英。他们总是能够审时度势，抓住一切机会发展壮大公司。

团购事业部经理杨仁龙说："我们最初在联系广告客户时，厂家并不熟悉我们的报纸。为了不担风险，他们要求我们帮助销售他们的产品，然后给我们公司算业绩。于是我们就成立了团购事业部，与那些不想在报纸投放广告的客户合作，利用我们在各高校负责推广报纸的团队来负责分销他们的产品。因为有了实体业务作为依托，报纸今后的发展会更好。"

到2009年初，《津媒校园》已经在各高校打出了名气。很多学生在报纸二手信息版块找到他们需要的生活及学习用品；通过报纸上刊登的求职、创业指导文章，获取了求职知识，找到了理想的工作；一些爱好创作的学生，通过给报纸投稿，既抒发了自己的情感，又锻炼了文笔，同时还可以赚到稿费。

薛开发和他的伙伴们开公司是为了干事业，也是为了挣钱，但是，他们没有忘记自己大学生的身份，也愿意为兄弟姐妹们服务好。对于大学生在报纸上刊登各种信息，他们都是免费提供版面；给大学生提供求职信息，也是免费的；有学生投稿，不仅可以得到稿费，还可以收到小礼物；公司还常常招聘一些家庭贫困的同学做兼职。

杨仁龙说："等到我们的资金充裕一些以后，我们将会设立贫困学生助学金。之所以这么做，是因为我们面对的群体是高校和大学生，企业除了盈利的考虑，更要考虑如何为高校、为大学生提供服务。给学生带来福音，给学校带来社会效益。这是非常重要的。"

从2008年4月28日拿到营业执照至2009年8月，

《津媒校园》已经在湖北、河北、青海、黑龙江、福建等5个省设立了分站，薛开发只用了一年半，就让"津媒校园"品牌价值超百万元。

而薛开发和他的伙伴们下一个目标是占领全国的高校。

2009中国大学生创业富豪排行榜上，薛开发和伙伴们创办的《津媒校园》以4万元位列100位，他说那是上半年的盈利情况。等到下一次富豪榜评选，他们的目标是进入前60名。

这些二十出头的年轻人中大多数人还在上学，他们创办的公司不仅赚到第一桶金，也成为人生一个新起点。这个起点很高，因为他们想走得更远。

浙大学子完成网络创业梦

2009年7月7日晚上,浙大科技园在大学生创业交流活动中心举办了"创业导师专家门诊"沙龙活动。本次活动邀请了杭州市首批创业导师之一、杭州盘石信息技术有限公司创始人、董事长田宁先生,做客浙大科技园创业沙龙。

田宁是"杭州市大学生创业成功第一人",作为浙大创业师兄、创业前辈,他本身的创业故事是非常曲折的。

田宁出生在浙江湖州市长兴县的一个叫和平的镇上,父亲是知青,文化程度并不高,但他的爷爷却是新中国成立前赫赫有名的上海大夏大学高才生,当过南京一家名牌学校校长。

少年时的田宁对学习一点也不上进,他在上学期间经常考倒数十名以内,但是,在高考前,田宁突然对学习产生了兴趣,第一年高考时竟考上了专科。

尽管他的家里并不富裕,但他的家人仍然支持他复习一年再考。

一年后,田宁不负家人所望如愿考上了浙江大学。

大学校园是一个公平的舞台,可以尽情展示自我。田宁很感激自己能有机会和浙大这个藏龙卧虎的校园共同度过了4年。

从小就是"孩子王"的田宁在进入大学后很快就"冒尖"了。

大学中,田宁所学的专业并不是信息技术,而是动物科学,但他却很会说故事,而且随口就能说上一大段。

没多久,"故事大王"这个"帽子"就戴到了田宁的头上。

为此,田宁办起了浙大第一个学生话剧团,筹备浙江省首届大学生曲艺大赛。

到了大三,田宁觉得自己已经不满足于在校园里搞活动了,他和睡在下铺的同学一合计,两人凑了300块钱的生活费,决定做买卖。

他们在吴山路市场转了一圈,买回20件所谓玉佩,开始向周围的同学推销。

结果,全校的同学没有一个买他们的东西,最后,他们只好将玉佩以赠送的方式送给了自己班的同学。

田宁的第一单生意就这么失败了,但他是个不服输的人,他很快又投入到新的商品上。

一天,当他跨上单车来到一家家电市场门口时,被一个卖索尼、爱华耳机的货柜吸引住了。

田宁脑中立即闪出想要做这个生意的欲望,可是他摸遍了身上的每个口袋却发现自己没有带钱。

田宁掏出学生证和老板"谈判",用学生证作抵押,向老板赊了些耳机拿回学校去卖。

不料,耳机虽小,利润却相当可观,从家电市场到学校骑车只要 10 分钟，田宁赊来的货品卖价却翻了一番。

就这样，田宁渐渐把索尼、爱华耳机的高校生意给垄断了，很快，他净赚达两万，挖到了人生的第一桶金。

1999 年，全球掀起互联网高潮，经常有国外网络公司一夜暴富神话般的新闻爆出。田宁盯着这些"神话"苦思冥想，冒出了一个构思。

他想：学生高考及雅思等查分需要很长时间，如专门建这么一家网站，能在第一时间查出各种成绩，岂不是件大好事？

为此，他还暗自算了一笔账：每查一次，收费 5 元，全省乃至全国每年参加各类统考人数达数百万，那可是一笔不小的收入！

于是，他把这笔账绘声绘色地算给同学听。终于，有两位同学被他说动，决定跟他一起干。

按照平均原则，每人出资 3 万元，田宁又跑到杭州灵隐街道科协"化缘"到一万，凑足了 10 万元注册资金。

就这样，2000 年的一天，浙江省第一个大学生开办的公司，即浙江大学盘石计算机网络技术有限公司开张了。

公司挂牌的时候，灵隐街道提供给他们在东山弄老年活动中心一间七八平方米的场地。

但是，由于他们三人都不懂计算机，问了懂行的，说开办像田宁所说的网站需要租服务器,至少需要一两百万元。

捧了一本策划书,田宁天真地四处找人投资,全都以碰壁告终。

碰了一鼻子灰后,田宁调整了思路,学校寝室正好开始可以放电脑,他预感买电脑和配件会成为热潮,就去杭州电子市场倒腾电脑。

于是,田宁和同学一起又来到教工路电子市场,想租场地卖电脑。一问房租,又把三人吓了回去。

无奈之下,田宁拿着学生证,壮着胆子去找市场负责人。

市场负责人被田宁说动,把靠洗手间边的一个摊位免费给了他们。

拿到摊位,并没有让田宁高兴多久。他很快发现,这里是个死角,每天顾客总共不会超过3个。

田宁却不放弃任何一个机会。经过一段时间的调研,他们推出一项特色服务,就是组装机3年保修和上门服务。他们专门招收了一批计算机专业在校大学生,经培训后,以每台每年100元服务费让他们做售后。

组装机享受品牌机服务,这使原本门可罗雀的摊位逐渐热闹起来。不到半年,田宁就转到月租金两万的好摊位。

再过了半年,田宁终于进入了颐高电脑城,在3楼开出400多平方米杭城首家电脑大卖场。

但一直到 2002 年，田宁的公司都没有真正盈利，公司时常因缺资金拖欠员工工资，造成员工队伍不稳定。有几次，田宁甚至都想要放弃了，但他还是咬牙挺了过来。

田宁的亏本买卖一直做了 3 年，这 3 年里，他亲自到大学里一个寝室一个寝室介绍产品，推出组装机 3 年保修和上门服务等。

终于，苦尽甜来，从 2003 年起，田宁他们的生意一天比一天好。到 2004 年，日均销售整机达到了 300 台，收益稳定。

正当电脑生意蒸蒸日上之际，田宁却选择了离开，原因只有一个——他要圆自己的网络梦。

认准了方向的田宁，在家人和朋友的反对和劝阻声中，于当年 11 月创办了浙江盘石信息技术有限公司。

他给公司的定位是：以精准、定向网络营销分析技术为基础，做企业网络营销服务提供商。

然而，第二次创业，比第一次更艰苦。从原来的公司带人出来，会对公司有影响。所以，田宁这一次是孤军作战。

与很多理科毕业的人不同，田宁是个感性思维经常占上风的人，他相信自己的潜意识，相信自己的感觉。

虽然这一次的创业也不是一帆风顺的，但是田宁在摸索中迅速找准了自己的路，他一直觉得做互联网行业会有前景。

2005年初，网络营销这个概念在国内还刚刚兴起，市场还不成熟，田宁的公司代理了百度在浙江的广告。

第一个月，他们公司共有40个销售人员，可只接到12个单子。

但即使如此，田宁仍然选择了坚持。

好在，盘石提供的网络营销方案因为有很强的技术含量而很快打开了局面，比如他们自己开发的"盘石通"网络营销系统，只要客户的广告有过一次点击，就会有明确的显示记录，包括点击出现在世界哪个地方、什么时间、IP地址、浏览时间等等，这些为企业日后如何选择广告投放提供了参考分析。

随后，田宁的公司迅速与微软、百度、新浪、雅虎、搜狐、谷歌等网络巨头们建立了长期紧密的合作伙伴关系，有的还成功地取得了浙江代理权。

整合营销，是田宁始终不渝的信条。至2007年，"浙大盘石"除了代理大多数国际或国内最具影响力的网络服务产品外，还有了自己研发的软件产品，其中拥有11项专利著作权。

同时，"盘石"已经形成了稳定客户群，公司拥有的会员客户超过了5000家，并且还在快速地增长之中。

每天，田宁8时前就会赶到办公室，晚上往往最后一个离开办公室，为的不是别的，就是他的梦想。

他有太多事情要做，这可能跟他的个性有关，做企业，一旦做了，就停不下来。

田宁如此忙碌，还因为他总是为自己定下下一步的目标。

2008年，在金融危机到来的时候，大多数网站的盈利模式都在经历过冬的考验，"浙大盘石"网络广告却一枝独秀，同年第三季度，美国网络广告达59亿美元，中国网络广告预计达140亿……

从这个角度而言，田宁所走的网络营销路是一条康庄大道，因为网络营销的实质就是给企业投放网络广告一个最优方案，包括行业调研、如何选择网络媒体、媒体投放、媒体监控、效果分析等一系列过程。

在2008年的首届中国网络广告行业大会上，盘石信息公司一举摘得了2007年到2008年度中国最佳网络营销策划奖、最佳网络广告第三方评测机构奖两项大奖。

短短三年半时间，盘石信息公司成为中国互联网广告行业的标杆。

2009年7月，在浙大科技园大学生创业交流活动会上，作为浙大创业师兄、创业前辈，田宁欣然做客浙大科技园创业沙龙，为大学生创业出谋划策。

当晚，田宁分别为杭州和悦科技有限公司和杭州领先科技有限公司作了经营瓶颈的主题点评，并回答了其他众多大学生创业企业提出的关于市场营销方面的问题。

田宁从"IT企业市场布局和拓展"的角度，阐述了市场营销的重要性、市场营销的变通性和市场营销的专一和细化三方面规律，为大学生创业企业的自我突破和经营发展提供了最实用、最经典和最有效的创业指导实战经验。

田宁告诉自己的师弟妹们：

往往最痛苦的时候，就是成功即将到来的时候。只要坚持，就一定能成功。

本书主要参考资料

《创业英雄》 张彦宁主编 企业管理出版社
《创业风险》 付首清 张竹筠编 科学出版社
《创业英豪》 付首清 熊飞编 科学出版社
《创业启动》 付首清 李军编 科学出版社
《创业企业管理》 付首清 牛泽民编 科学出版社
《创业，你也行》 朱胜龙编 江西高校出版社